KB097133

바텍

이삭줍기
환상문학
02

바텍

Vathek

윌리엄 벡퍼드 지음
정영목 옮김

열림원

불과 고통이 곧 그대의 심장을
완전히 사로잡을 것이니,
어서 남은 시간을 이용하라!

아바시드 종족의 9대 칼리프* 바텍은 모타셈의 아들이며, 하룬 알 라시드의 손자였다. 바텍은 일찌감치 권좌에 오른 데다 자리를 빛낼 만한 재능이 있었기 때문에, 백성들은 그의 치세가 길고 행복할 거라 기대했다. 그는 인상이 좋고 풍채가 당당했지만, 화낼 때는 눈 하나가 무시무시하게 바뀌어 아무도 그 눈을 똑바로 마주볼 수 없었다. 가엾게도 그 눈길에 걸린 자는 뒤로 벌렁 자빠졌는데, 심한 경우에는 그 자리에서 즉사하기도 했다. 그러나 바텍은 자신의 영토에서

---

* 이슬람교에서 예언자, 사제, 왕의 성격을 모두 포괄하는 칭호로, '지상에서 신을 대리하는 자'라는 의미로 통용된다.

인구가 줄지 않을까, 자신의 궁이 황량해지지 않을까 염려하여 여간해선 노여움을 드러내지 않았다.

여자와 식탁이 주는 즐거움에 탐닉했던 바텍은 사근사근한 태도로 주위에 유쾌한 벗들을 모으려 했다. 그의 끝을 모르는 씀씀이와 한없는 방종도 벗의 숫자를 늘리는 데 한몫을 했다. 그는 칼리프 오마르 벤 압달라지즈와는 달리, 내세의 낙원에서 즐기기 위해서 현세를 지옥으로 만들어야 한다고 생각하지 않았다.

바텍의 웅대한 목표는 전임자들이 생각했던 규모를 훌쩍 뛰어넘었다. 아버지 모타셈이 사마라 시(市) 전체를 굽어볼 수 있도록 '얼룩말의 언덕'에 세운 알코레미 궁은 바텍에게는 너무 옹색했다. 그는 별궁을 다섯 채 더 지어, 각 궁에 오감(五感) 가운데 하나를 충족시키는 일을 맡겼다.

첫 번째 별궁에는 세상 최고의 진미들이 언제나 상마다 그득하게 놓여 있었다. 이 음식들은 밤이나 낮이나 그릇이 비워지는 즉시 다시 채워졌다. 결코 바닥을 드러내는 일이 없는 백 개의 샘에서는 세상에서 가장 좋은 포도주와 엄선한 과실주들이 솟아났다. 이 궁의 이름은 '영원히 배부르지 않는 향연'이었다.

두 번째 궁의 이름은 '선율의 신전' 또는 '영혼의 넥타르'였다. 이곳에는 당대의 가장 능숙한 음악가들과 존경받는 시인들이 살았다. 이들은 궁 안에서만 재능을 과시하는 것이 아니라 밖으로 무리를 지어 흩어져 돌아다녔기 때문에 주위의 경치가 아름다운 곳마다 그들의 노래가 울려 퍼졌다. 이 노래들은 계속 바뀌며 끝없이 아름답게 이어져나갔다.

'기억의 기둥'이라는 별명을 가진 세 번째 궁 '눈의 즐거움'은 그 전체가 하나의 마법과 같았다. 궁에는 세계 각지에서 모은 진귀한 물건들이 눈이 부시고 정신이 혼미해질 만큼 지천으로 널려 있었지만, 이들의 배열에는 그 나름의 질서가 있었다. 한 진열실에는 유명한 화가 마니의 그림과 살아 있는 것처럼 보이는 상들을 전시해놓았다. 이곳에서는 원근법을 교묘하게 이용하여 눈길을 끌었는데, 눈은 광학의 마법에 기분 좋게 속곤 했다. 자연주의자들은 또 그들대로 하늘이 지구에 선사한 다양한 선물들을 몇 가지로 분류해 전시해놓았다. 한마디로 바텍은 이 궁을 찾는 사람의 호기심을 충족시킬 만한 것이라면 어떤 것도 빠뜨리지 않았는데, 다만 그 자신의 호기심만은 충족시킬 수 없었다. 그는 그 누구보다 호기심이 강한 사람이었기 때문이다.

'열락의 자극'이라는 이름으로 불리기도 하는 '향기의 궁'은 여러 방으로 이루어졌는데, 방마다 세상의 여러 가지 향이 황금 향로에서 쉼 없이 타오르고 있었다. 이곳에는 환한 대낮에도 횃불과 향등(香燈)을 밝혀두었다. 그러나 이 기분 좋은 황홀경에 너무 심하게 빠졌다 싶으면 거대한 정원으로 내려가 쉴 수 있었는데, 그곳에서는 또 온갖 향기로운 꽃들이 모여 지순한 향기로 대기를 채웠다.

'환락의 피난처' 또는 '위험한 곳'이라는 이름이 붙은 다섯 번째 궁에는 후리*들만큼 아름다운, 또 그녀들 못지않게 고혹적인 젊은 여자들 무리가 항상 모여 있었다. 이 여인들은 칼리프의 방문 허가를 얻어 찾아온 자는 누구라도 어김없이 애무로 맞아들여 몇 시간 동안 벗이 되어주었다.

이렇게 바텍이 육욕에 탐닉해도 그에 대한 백성들의 사랑은 약해지지 않았다. 백성들은 쾌락에 몰두하는 군주 역시 스스로 쾌락의 적임을 선언한 군주와 다름없이 백성을 잘 다스릴 수 있다고 생각했기 때문이다. 그러나 칼리프는 불안정하고 충동적인 기질 때문에 그 정도에서 멈추지 못했다. 그는 선왕 살아생전에 재미 삼아 아주 많은 공부를 하여 엄청난 지식을 습득했다. 그러나 그 자신은 만족하지 못했다. 그는 모든 것, 심지어 존재하지 않는 학문들조차 알고 싶어 했다. 칼리프는 배움이 깊은 자들과 논쟁하는 것을 좋아하였으나, 학자들이 그에게 끝까지 맞서는 것을 따뜻하게

---

* 검은 눈을 가진 천국의 미녀.

받아주지는 않았다. 그는 선물로 입을 막을 수 있는 자에게는 선물을 주었다. 후한 인심으로 굴복시킬 수 없는 자는 감옥으로 보내 끓는 피를 식혀주었는데, 이 방법이 효과가 썩 좋았다.

바텍은 특히 신학 논쟁에서 큰 기쁨을 발견하였다. 그러나 보통 정통파와는 반대되는 입장에 섬으로써 광신자들이 그에게 반대하도록 유도하여 그들을 박해하였다. 그는 무조건 자신이 옳은 편이 되겠다고 결심했기 때문이다.

모든 칼리프들의 본체인 위대한 예언자 무함마드는 일곱 번째 하늘 그의 거처에서 이 대리인의 신앙을 거역하는 행동을 노여운 눈으로 굽어보았다. "저자를 그대로 내버려두자꾸나." 무함마드는 늘 그의 명령을 받들 채비를 갖추고 있는 지니*들에게 말했다. "저자가 자신의 어리석음과 불신앙으로 인해 결국 어떤 꼴이 되는지 보도록 하자. 저자가 지나치게 나아가면 그때 우리는 저자를 혼내줄 방법을 알게 될 것이다. 따라서 저자가 니므롯을 흉내 내어 이미 짓기 시작한 탑을 완성하도록 도와주려무나. 저자가 그 일을 시작한 것은 그 위대한 전사처럼 물에 빠지는 것을 피하기 위해

---

* 이슬람교의 정령으로 선한 역할을 할 수도 있고 악한 역할을 할 수도 있다.

서가 아니라, 하늘의 비밀을 꿰뚫고자 하는 오만한 호기심 때문이다. 저자는 어떤 운명이 자신을 기다리고 있는지 짐작도 못 할 것이다."

지니들은 그 말에 순종했다. 그래서 낮 동안에 일꾼들이 탑을 한 척 높이면, 밤새 두 척이 더 올라가 있곤 했다. 탑이 올라가는 속도는 허영심 강한 바텍에게 여간 만족스러운 것이 아니었다. 그는 심지어 감각이 없는 물질조차 그의 계획을 밀어주기 위해 나섰다고 상상했다. 어리석고 사악한 자들이 성공을 거둔다 해도, 그것이 곧 그들을 응징하는 첫 번째 채찍이 된다는 데에는 생각이 미치지 못했다.

바텍이 처음으로 자신의 탑의 천오백 계단을 올라 아래를 내려다보았을 때 그의 자존심은 절정에 이르렀다. 사람은 개미만 했으며, 산은 조개껍질만 했고, 도시는 벌집만 했다. 그는 그런 높이에 오르자 자신의 위대함을 다시 생각하게 되었으며, 그 생각에 현혹되어 제정신이 아니었다. 자기 자신을 숭배하고 싶을 지경이었다. 그러나 눈을 들어 위를 보니, 별들은 땅에서 볼 때와 똑같이 그의 머리 위 높은 곳에 버티고 있었다. 바텍은 갑자기 밀치고 들어온 이 반갑지 않은 느낌, 자신이 작다는 느낌을 그래도 다른 사람들의 눈에는 커 보인다는 생각으로 밀어내며 스스로를 위로했다. 그는 눈이 미치지 않는 곳까지 정신의 빛이 뻗어나가 별들로부터 자신의 운명에 대한 결정을 강제로 알아낼 수 있을 것이라는 희망에 마음이 부풀었다.

알고 싶은 것이 많은 군주는 이런 생각으로 밤이면 탑 꼭대기에 올라갔으며, 마침내 점성학의 신비를 꿰뚫게 되어, 미지의 나라에서 온 독특한 인물이 놀라운 사건을 일으킬 것이라는 행성들의 계시를 읽어냈다. 바텍은 궁금한 것이 많은 사람이었기 때문에 전부터 나그네에게는 늘 잘 해주었다. 그러나 별의 비밀을 알아낸 순간부터 나그네에 대한 관심을 두 배로 늘렸을 뿐 아니라, 사마라 모든 거리에 전령을 보내 나팔을 분 다음 모든 백성은 나그네를 보는 즉시 궁으로 데려와야 하며, 만일 자기 집에 재울 경우에는 칼리프의 진노를 살 것이라고 큰소리로 알리게 했다.

이런 포고가 있고 나서 얼마 지나지 않아 수도에 진저리가 쳐질 정도로 추한 사람이 나타났는데, 그를 잡아가는 경비병들마저 차마 눈을 뜨고 볼 수가 없었다. 칼리프조차 그 끔찍한 모습에는 놀란 것 같았다. 그러나 이런 공포는 곧 기쁨으로 바뀌었는데, 나그네가 생전 처음 보는, 상상도 하지 못했던 진귀한 물건들을 내놓았기 때문이다.

사실 바텍은 이때까지 이 나그네가 내놓은 물건들만큼 특별한 것은 본 적이 없었다. 화려함만이 아니라 만듦새 역시 감탄을 자아내는 그 진귀한 것들에는 대개 그 장점을 적은 양피지가 한 장씩 붙어 있었다. 그 물건들 가운데는 자동 용수철이 달려 있어 발이 저절로 움직이게 해주는 신발도 있었고, 손을 쓰지 않고 물건을 자를 수 있는 칼도 있었고, 공격하고 싶은 사람을 알아서 베는 사브르도 있었다. 그리고 물건마다 처음 보는 보석으로 장식되어 있었다.

이 물건들 가운데서도 특히 칼리프의 눈길을 끈 것은 눈부신 광채를 발하는 사브르들이었다. 그는 시간이 날 때 사브르의 날 양면에 새겨진 괴상한 글자들을 판독해보겠다고 다짐했다. 칼리프는 값을 묻지도 않고 국고에 있는 금화를 모두 가져오라 명령하여, 상인에게 원하는 대로 가지라고 했다. 나그네는 조금만 집어 들고, 계속 입을 다물고 있었다.

바텍은 자신에 대한 경외감 때문에 상인이 입을 다물고 있다 생각하고, 앞으로 나오라 권한 다음 짐짓 친절한 태도로 이름이 무엇이냐 어디서 왔느냐 어디서 그런 아름다운 물건들을 얻었느냐고 물었다. 그 사람, 아니 괴물은 대답 대신 흑단보다 더 검은 이마 — 몸도 마찬가지 색깔이었다 — 를 세 번 문지르고, 엄청나게 튀어나온 배를 네 번 두드리고, 횃불처럼 빛나는 거대한 눈을 크게 뜨더니 무시무시한 소리로 웃음을 터뜨렸다. 그 바람에 녹색 줄무늬가 있는 긴 호박색 이들이 드러났다.

칼리프는 약간 놀라기는 했지만 다시 물었다. 그러나 여전히 대답을 들을 수가 없었다. 칼리프는 신경질이 나서 소리를 질렀다.

"이놈, 너는 내가 누구인지 아느냐? 네가 누구를 조롱하고 있는 줄 아느냐?"

이어 칼리프는 경비병에게 말했다.

"저놈이 말하는 소리를 들었느냐? 저자가 벙어리인가?"

경비병이 대답했다.

"말은 하였으나, 아무 뜻 없는 이야기였습니다."

칼리프가 말했다.

"그렇다면 다시 말하게 하여, 저놈이 누구인지 어디에서 왔는지 이런 진귀한 물건들을 어디서 얻었는지 알아내서 나에게 전하라. 저놈이 답을 하지 않으면, 발람의 나귀에 맹세하거니와, 고집부린 것을 반드시 후회하게 만들겠다."

칼리프는 그렇게 협박하면서 노여움 가득한 위험한 눈길을 던졌다. 그러나 나그네는 아무런 감정도 드러내지 않고 태연하게 그 눈길을 받아냈다. 나그네의 두 눈은 군주의 무시무시한 눈에 고정되어 있었다.

이 무례한 상인이 주군(主君)의 눈길을 아무런 충격 없이 견뎌내는 것을 본 신하들의 놀라움을 어떻게 말로 표현할 수 있을까. 그들은 목숨을 건지기 위해 모두 그 자리에 납작 엎드려 얼굴을 바닥에 댔다. 칼리프의 노한 목소리가 들리지 않았다면 계속 그런 비굴한 자세를 유지했을 것이다.

 "일어서라, 이 겁쟁이들! 저 사악한 놈을 묶어라! 저놈을 감옥에 가두고 가려 뽑은 병사들로 지키게 하라! 하지만 내가 준 돈은 그대로 갖고 있게 하라. 저놈이 가진 것을 빼앗을 생각은 없다. 단지 저놈 입을 열고 싶을 뿐이다."

 왕의 말이 떨어지자 병사들이 우르르 달려들어 나그네의 두 팔을 묶고 튼튼한 차꼬를 채워 얼른 큰 탑의 감옥으로 데려갔다. 감옥 둘레에는 쇠막대를 일곱 겹으로 두르고, 길고 날카로운 쇠꼬챙이들을 사방으로 박아놓았다. 그래도 칼리프는 부글부글 끓어오르는 마음을 가라앉히지 못했다. 식사를 하려고 자리에 앉아도 매일 앞에 놓이는 삼백 가지의 요리 가운데 겨우 서른두 가지만 맛볼 수 있을 뿐이었다.

 이런 익숙지 않은 빈약한 식사만으로 칼리프는 잠을 이루기 힘들었다. 거기에 불안이 그의 정신을 갉아먹고 있었으니 그 결과가 어떠하였을까. 칼리프는 그 고집 센 나그네에게 다시 답을 조르기 위하여 동이 트기 무섭게 감옥으로 달려갔다. 그러나 감옥은 텅 비고, 철책은 박살 나고, 경비병들은 시체가 되어 주위에 쓰러져 있는 것을 보았을 때 칼리프의 분노는 한계를 넘어섰다. 그는 발작 상태에 빠져 저녁이 될 때까지 가엾은 주검들을 쉴 새 없이 걷어찼다. 신하들은 군주의 노여움을 달래려 했으나 무슨 짓을 해도 소용이 없자 입을 모아 외쳤다.

"칼리프가 미쳤다! 칼리프가 제정신이 아니다!"

이 외침은 곧 사마라의 거리 전체에 울려 퍼져 마침내 바텍의 어머니 카라티스의 귀에도 들어가게 되었다. 깜짝 놀란 카라티스는 바로 달려가 아들의 마음을 다잡으려 했다. 결국 바텍은 그녀의 눈물과 포옹 덕분에 정신을 수습했고, 어머니의 간청에 못 이겨 궁으로 돌아가기로 했다.

카라티스는 바텍만 홀로 남겨두는 것이 염려스러워 그를 침대에 눕힌 뒤 옆에 앉아 이야기를 나누면서 그를 달래고 안정시키려 애를 썼다. 사실 이 일에 그녀 외에는 달리 적임자를 찾을 수 없었을 것이다. 칼리프는 그녀를 어머니로서 사랑했을 뿐 아니라, 자신보다 뛰어난 천재로서 존경했기 때문이다. 그녀는 그리스 출신으로, 바텍이 그녀 조국의 학문 체계를 받아들이도록 이끌었는데, 그 학문은 모든 선한 이슬람교도들이 철저하게 혐오하는 것이었다.

점성학도 그런 학문 가운데 하나로, 그녀는 이 분야의 대가였다. 그래서 그녀는 우선 아들에게 별들이 그에게 해주었다는 약속을 상기시키고, 다시 별들에게 자문을 구해보겠다고 말했다.

"이럴 수가!" 칼리프는 말을 할 수 있게 되자마자 탄식을 내뱉었다. "내가 바보였습니다! 순순히 죽음에 굴복해버린

내 경비병들을 사만 번 걷어찬 일을 두고 하는 이야기가 아닙니다. 그 특별한 사람이 행성들이 예언했던 바로 그 사람이라고는 생각조차 못 했기 때문입니다. 함부로 대하지 말고, 설득의 기술을 모두 동원하여 달랬어야 했는데."

카라티스가 말을 받았다. "과거는 돌이킬 수 없는 것이지. 하지만 덕분에 미래를 생각해보게 되는 것 아니겠는가. 어쩌면 네가 그렇게 아쉬워하는 대상을 다시 보게 될지도 모르지. 사브르에 새겨진 글이 정보가 될지도 모르는 것이니까. 그러니 사랑하는 아들아, 어서 식사를 하고 쉬도록 해라. 어떻게 할지는 내일 생각해보도록 하자꾸나."

바텍은 어머니의 조언을 따르려고 노력했다. 덕분에 다음 날 아침에는 좀 더 편안한 마음으로 일어날 수 있었다. 바텍은 우선 사브르부터 가져오게 했다. 그는 번쩍거리는 날에 눈이 부셨기 때문에 색안경을 끼고 새겨진 글을 판독하는 일에 몰두했다. 그러나 여러 차례 되풀이해 시도해보았음에도 무슨 뜻인지 도무지 알 길이 없었다. 공연히 머리만 두드리고 손톱만 깨물었을 뿐, 한 글자도 의미를 알 수가 없었다. 카라티스가 그의 거처로 찾아왔기에 망정이지, 그렇지 않았다면 그는 다시 비참한 실망감에 시달렸을 것이다.

"내 아들아, 인내심을 가지도록 해라!" 그녀가 말했다. "너는 물론 중요한 학문을 모두 섭렵했지. 다만 어학 지식은 하찮은 것이고, 학식을 자랑할 수 없으면 거들떠보지도 않는 네가 모르는 것일 뿐. 네가 이해하지 못하는 것, 네가 배울 가치가 없는 것을 해석해주는 사람에게 너의 위대함에 어울리는 큰 상금을 내리겠다고 포고를 해라. 그럼 곧 네 호기심을 채울 길이 열릴 것이다."

"그럴지도 모르지요." 바텍이 대답했다. "하지만 그러다 보면 꼭 상을 노린다기보다는 자신의 허튼 소리를 팔아먹는 데 즐거움을 느끼는 사이비학자 무리가 몰려드는 역겨운 꼴을 보게 될 것입니다. 이런 귀찮은 일을 피하기 위해서 만족스런 답을 내놓지 못하는 자들은 모두 죽여버린다는 경고를 덧붙이겠습니다. 다행히도 저한테는 어떤 자가 제대로 번역을 하는 것인지 아니면 제멋대로 꾸며대는 것인지 구별할 정도의 능력은 있으니까요."

"그 점이야 의심의 여지가 없지." 카라티스가 대답했다. "허나 무지한 자를 죽이는 것은 좀 가혹한 일이고, 자칫 위험한 일이 생길 수도 있다네. 그냥 턱수염이나 태우는 정도로 만족하시게.* 턱수염이 그것을 달고 있는 사람만큼 나라에 중요한 것은 아니니까."

---

* 이슬람 문화에서 턱수염을 없애는 것은 큰 수치로 여겨진다.

칼리프는 어머니의 논리에 따랐다. 그는 총리대신 모라카 나바드를 불러 말했다.

"사마라만이 아니라 나의 제국 모든 도시에 전령을 보내, 이곳으로 와서 무슨 뜻인지 알 수 없는 이 문자들을 해독하는 자에게는 세상에 널리 소문난 나의 큰 씀씀이를 경험할 기회를 줄 것이며, 실패하는 자는 수염을 터럭 하나 남김없이 태워버리겠다고 외치게 하라. 또한 그 나그네에 대한 소식을 나에게 전해주는 자에게는 아름다운 여자 노예 쉰 명과 카마스 섬에서 난 살구를 쉰 단지 주겠다고 하라."

칼리프의 백성은 군주와 마찬가지로 여자와 카마스의 살구를 몹시도 좋아하여 그 이야기를 듣자 군침을 흘렸으나, 탐나는 마음을 풀 길이 없었다. 그 나그네의 소식을 아는 사람이 하나도 없었기 때문이다.

그러나 칼리프의 또 다른 요청은 결과가 달랐다. 배운 자, 배우다 만 자, 배우지는 못하였으나 배운 자나 배우다 만 자보다 못할 것이 없다고 생각하는 자들이 턱수염을 잃을 각오를 하고 대담하게 앞으로 나섰다. 그러나 모두 수염을 잃는 수모를 당하고 말았다. 이 벌을 집행하느라 환관들의 손이 오랜만에 바빠졌으나 몸에 털 타는 냄새가 배자 후궁의 여인들이 구역질을 해대는 바람에, 후궁의 보호자 역할 외에 오랜만에 맡게 된 그 일도 다른 사람에게 넘겨야 했다.

그러다 결국 이전에 나타났던 사람들보다 턱수염이 한 척 반은 더 긴 노인이 나타났다. 궁의 장교들은 노인을 안으로 안내하면서 자기들끼리 수군거렸다.

 "안된 일이야. 저런 수염을 태우다니 정말 안된 일이야!"

 심지어 칼리프도 그 수염을 보자 같은 생각을 했다. 그러나 걱정할 필요가 없었다. 이 존엄한 노인은 금세 그 문자들을 해독하더니, 있는 그대로 이야기를 해 주었다.

 "우리는 모든 것을 잘 만드는 곳에서 만들었다. 그곳의 모든 것은 훌륭하여 지상 제일 군주의 눈길을 받을 만한데, 우리는 그곳의 경이로운 것들 가운데 가장 하찮은 것이다."

 "뛰어난 번역 솜씨로구려!" 바텍이 소리쳤다. "나는 이 놀라운 문자들이 암시하는 바가 무엇인지 알고 있소. 이 노인에게 자신이 말한 단어의 수만큼 명예의 가운과 그 숫자에 천을 곱한 금화를 하사하도록 하라. 이제야 나를 혼란에 빠뜨렸던 곤혹스러운 문제로부터 어느 정도 벗어났구나!"

 바텍은 노인을 식탁에 초대하고, 심지어 궁에도 며칠 머물게 하였다.

 안타깝게도 노인은 초대를 받아들이고 말았다. 다음 날 아침 칼리프는 노인을 불러서 말했다.

 "어제 읽은 것을 다시 읽어주시오. 나는 누가 나에게 한 좋은 약속은 아무리 자주 들어도 질리지 않소. 어서 그 약속이 이루어지기를 갈망할 따름이오."

그러자 노인은 녹색 안경을 꼈으나, 안경은 곧 그의 코에서 떨어지고 말았다. 전날 읽은 글자들이 다른 의미를 가진 글자들로 바뀌어 있었기 때문이다.

"무슨 문제요?" 칼리프가 물었다. "왜 그렇게 놀라시오?"

노인이 대답했다. "세계의 주권자여! 이 사브르에 어제와는 다른 글이 새겨져 있습니다."

"무슨 소리요? 어쨌든 그건 상관없소. 그 뜻이나 말해보오."

노인이 대답했다. "그것은 이런 뜻입니다, 전하. 알지 말아야 할 것을 알려고 하는 인간, 또 자신의 능력을 벗어난 일을 하려고 하는 무모한 인간에게 화가 있을지어다!"

"그렇다면 그대에게 화가 있을 것이다!"

화가 난 칼리프가 버럭 소리를 질렀다.

"오늘 그대는 아무것도 이해하지 못하는구나. 내 눈앞에서 사라지도록 하라. 그러나 어제는 운 좋게 내용을 맞혔으니 그대의 수염은 반만 태울 것이다. 내가 준 선물을 다시 돌려받지는 않겠다."

지혜로운 노인은 그런 불쾌한 진실을 드러낸 자신의 어리석음을 감안할 때 목숨을 건진 것만으로도 운이 좋은 것이라고 생각하고, 즉시 그 자리에서 물러나 다시는 나타나지 않았다.

오래지 않아 바텍은 자신의 경솔한 행동을 뼈저리게 후회하게 되었다. 문자들을 판독할 수는 없었지만, 계속 살펴보는 동안 그것이 실제로 매일 변한다는 것은 분명히 알게 되었는데, 불행하게도 이제는 그 의미를 설명해줄 후보가 나타나지 않았기 때문이다. 이 곤혹스러운 일 때문에 그의 피가 뜨겁게 달아올라 눈앞이 어찔어찔했다. 현기증과 무력증 때문에 몸을 가눌 수가 없었다. 그러나 그렇게 쇠약해진 상태에서도 그는 신하들에게 의지하여 탑에 자주 올라갔다. 그곳에 가면 별들에게 자문을 구하여 자신의 소망에 좀 더 일치하는 의미를 읽어낼 수 있을 것이라고 자만하였기 때문이다. 그러나 이것은 헛된 희망이었다. 머릿속의 독한 기운 때문에 침침해진 눈은 그의 호기심을 저버린 듯 짙은 회갈색 구름밖에 분별하지 못했는데, 그는 이것을 가장 불길한 징조로 받아들였다.

바텍은 심한 불안으로 마음이 크게 흔들려 꿋꿋하던 모습을 찾아볼 수 없게 되었다. 열이 오르기 시작했고, 식욕은 사라졌다. 그때까지는 먹는 데 최고라고 할 수 있었으나, 이제 마시는 분야에서도 비슷한 경지에 오르게 되었다. 그는 갈증이 도저히 해소되지 않는 증상에 시달렸기 때문에, 입을 깔때기처럼 열고 그 안으로 계속 다양한 음료를 쏟아 부어야 했는데, 그 무엇보다 찬물이 그를 진정시키는 데 큰 효과를 발휘했다.

불행한 군주는 이제 어떤 쾌락도 누릴 수 없었기 때문에 오감의 궁들을 폐쇄하라고 명령했다. 또 권세를 과시하기 위해서든 정의를 시행하기 위해서든 대중 앞에 나서는 것을 삼가고 하렘의 가장 깊은 처소로 물러나 있었다. 그는 훌륭한 남편이었기 때문에, 부인들은 그의 가엾은 상태를 보고 비통함에 사로잡혀 그의 건강을 위해 쉼 없이 기도하거나 갈증을 풀어줄 물을 갖다 주었다.

한편 왕모(王母) 카라티스 역시 말로 표현할 수 없을 정도의 고통을 겪었지만, 질질 짜는 대신 칼리프의 병을 낫게 하거나 조금이라도 가라앉힐 방법을 찾기 위해 매일 모라카나바드와 밀담을 나누었다. 그들은 칼리프의 병이 마법에 의한 것이라는 확신을 가지고 혹시나 치료책이 있을까 하여 함께 모든 마법의 책을 한 장 한 장 살폈으며, 그들이 마법사로 지목하고 있는 그 무시무시한 나그네를 전국 구석구석에서 잠시도 쉬지 말고 찾아보라는 명령을 내렸다.

사마라에서 몇 킬로미터 떨어진 곳에는 높은 산이 우뚝 솟아 있었는데, 산비탈은 야생 사향초와 바질로 뒤덮여 있고 꼭대기에는 넓은 초원이 상쾌하게 펼쳐져 있어 믿는 자들을 위한 낙원이라 해도 좋을 것 같았다. 산 위에는 들장미

덤불 백 그루를 비롯하여 갖가지 향기로운 관목들이 자라고 있었다. 장미나무 그늘에는 재스민과 인동이 뒤엉켜 있었다. 오렌지나무·삼나무·시트론도 같은 숫자였다. 그 가지들은 야자·석류·포도와 뒤엉켜, 눈이나 입을 즐겁게 해주는 온갖 탐스러운 열매들을 달고 있었다. 땅바닥에는 제비꽃·초롱꽃·팬지가 흩어져 있었으며, 그 사이사이로 수선화·히아신스·카네이션이 수도 없이 피어 향기를 뿜어내고 있었다. 깊으면서도 맑은 네 개의 샘은 군대 열 부대가 목을 축일 만큼 수량이 풍부하여 누가 일부러 갖다놓은 듯했으며, 이 샘들 때문에 이곳은 네 개의 거룩한 강이 흐른다는 에덴동산을 방불케 했다. 이 산에서 나이팅게일 새는 그녀가 가장 사랑하는 장미의 탄생을 노래했고, 동시에 그 짧은 아름다움을 한탄했다. 비둘기는 잃어버린 짝에 대한 그리움 때문에 슬피 울었다. 잠 못 이루는 종달새는 모든 피조물에 다시 생명을 주며 떠오르는 빛을 환영했다. 이곳에서는 그 어느 곳보다 많은 새들이 저마다 다양한 감정을 노랫가락으로 표현하고 있었다. 새들은 마음껏 쪼아 먹을 수 있는 아름다운 열매들 덕분에 두 배로 힘을 얻는 것 같았다.

바텍은 가끔 더 맑은 공기를 마시기 위해, 그리고 무엇보다도 네 샘의 물을 마음껏 들이키기 위해 이 산으로 행차했다. 그의 어머니, 부인들 그리고 환관 몇 명이 함께 따라나

섰는데, 그들은 서로 질세라 커다란 수정 그릇에 물을 그득하게 채워 바텍에게 부지런히 갖다 바쳤다. 그러나 그들의 열성이 그의 갈증을 따르지 못해, 바텍이 직접 땅바닥에 몸을 구부리고 할짝할짝 물을 핥는 일도 많았다. 그렇게 해도 한 번도 충족감을 얻은 적은 없었다.

어느 날 이 불행한 군주가 그런 수치스러운 자세로 오랫동안 엎드려 있을 때, 쉬기는 했지만 강한 목소리가 들려왔다.

"오 칼리프여, 그대는 위엄과 권세를 자랑하면서 어찌하여 그렇게 개의 흉내를 내고 있는가?"

그를 부르는 소리에 바텍은 고개를 들었다. 그곳에는 그에게 이런 큰 괴로움을 안겨준 나그네가 서 있었다. 바텍은 그 모습을 보자 불같은 노여움에 휩싸여 소리를 질렀다.

"저주받은 지아우르*여! 그대는 어찌하여 이곳에 왔는가? 민첩하기로 소문난 군주를 물주머니로 만들었으니 이제 족하지 않은가? 그대는 내가 갈증으로 죽을 수도 있고, 물을 너무 많이 마셔서 죽을 수도 있다는 것을 보지 못하는가?"

"그렇다면 이것을 마시기 바라오."

---

* 이단자, 불신자라는 뜻.

나그네는 붉은색과 노란색이 뒤섞인 액체가 든 작은 유리병을 건네주며 말했다.

"그대 육신의 갈증만이 아니라 영혼의 갈증도 해소시켜 주기 위해 말하거니와, 나는 인도인이오. 그러나 인도의 전혀 알려지지 않은 지역에서 왔소."

칼리프는 자신의 소망이 부분적으로라도 이루어진 것이 기뻤다. 그리고 그 소망이 완전히 이루어질 것이라는 기대에 부풀어 한순간의 망설임도 없이 나그네가 준 약을 들이켰다. 그러자 건강이 회복되고 목마름은 가시고 팔다리는 전과 마찬가지로 민첩해졌다. 바텍은 기쁨에 넋이 나가 무시무시한 인도인의 목을 향해 펄쩍 뛰어올라, 그 무시무시한 입과 홀쭉한 뺨이 마치 자신의 가장 아름다운 부인들의 산호 같은 입술이라도 되는 듯, 백합이나 장미처럼 아름다운 얼굴이라도 되는 듯 마구 입을 맞추었다.

카라티스의 당당하게 찍어 누르는 목소리가 들리지 않았다면 이 황홀경은 끝나지 않았을 것이다. 카라티스는 칼리프에게 사마라로 돌아가라고 설득한 뒤, 전령에게 있는 힘을 다해 소리치게 하였다.

"놀라운 나그네가 다시 나타났다. 그가 칼리프를 치료했다. 그가 입을 열었다! 그가 말을 했다!"

그러자 이 거대한 도시의 모든 주민이 바텍과 인도인의

행렬을 보려고 떼를 지어 몰려나왔다. 그들은 이 인도인을 전에 저주했던 것만큼 축복하면서 쉴 새 없이 소리쳤다.

"그가 우리 왕을 고쳤다. 그가 말을 했다! 그가 입을 열었다!"

같은 날 저녁에 열린 백성의 축제에서도 그들의 기쁨을 증언하는 이 말을 다시 들을 수 있었다. 시인들이 이 흥미진진한 주제를 놓고 지은 노래에서 모두 그 말을 합창으로 사용했기 때문이다.

칼리프는 감각의 궁전들을 다시 열었다. 그는 자연스럽게 다른 곳을 젖혀두고 미각의 궁전을 먼저 찾아가, 즉시 멋진 연회를 열 것을 명령하고 그의 뛰어난 관리들과 총애하는 신하들을 모두 초대하였다. 인도인은 군주 옆자리에 앉았는데, 그는 이런 놀라운 특권에 감사하는 적당한 방법이 아무리 많이 먹어도, 아무리 많이 마셔도, 아무리 말을 많이 해도 성이 차지 않는 모습을 보여주는 것이라고 생각하는 듯했다. 나그네의 먹성 때문에 여러 가지 진미가 나오자마자 사라졌다. 살아 있는 사람들 가운데 가장 대식가라고 자부하던, 그리고 지금 이 순간에는 왕성한 식욕의 축복까지 받은 바텍은 그것이 분했다.

나머지 사람들은 놀라서 두리번거리며 서로를 마주보았다. 그러나 인도인은 그것을 못 보았는지 그들 각각의 건강을 위해 건배를 하고, 큰 포도주 잔을 벌컥벌컥 들이켜고, 엉뚱한 노래를 부르고, 이야기를 하면서 무절제하게 웃음을 터뜨리고, 그리 나쁘다고는 할 수 없는 즉흥시들을 쏟아냈는데, 그 묘하게 찌푸리는 얼굴 때문에 시의 맛은 사라져버렸다. 한마디로 그의 수다스러움은 백 명의 점성술사를 모아 놓은 것과 비슷하였고, 그의 식욕은 백 명의 짐꾼을 모아 놓은 것과 비슷하였으며, 주정 역시 그와 마찬가지였다.

상을 서른두 번 다시 차렸음에도 칼리프는 손님의 식욕 때문에 신경이 이만저만 쓰이는 것이 아니었다. 이제 그는 손님에 대한 존경심을 상당히 잃어버렸다. 그러나 분한 마음을 감추기도 힘들었지만 그렇다고 드러내고 싶지도 않았기 때문에 환관장인 바바발루크에게 작은 소리로 말했다.

"그대도 저자가 모든 면에서 얼마나 왕성한지 보았겠지. 저런 식이라면 내 아내들이 어찌 될지 모르겠군! 어서 가서 평소보다 두 배는 조심해서 지키게. 저자의 취향에 특히 잘 맞을 것 같은 내 시르카시아인 아내들에게 주의를 주게."

아침의 새가 세 번이나 노래를 고쳐 불렀을 때 디반*을 열 시간이 되었다고 알리는 소리가 들렸다. 바텍은 신하들에

---

* 행정과 사법을 관장하는 국정 회의.

대한 고마움 때문에 회의에 참석하기로 약속을 해놓은지라 얼른 자리에서 일어나 그를 지탱하기에는 너무 빈약해 보이는 재상에게 기대어 회의장으로 갔다. 가엾은 군주는 술도 술이지만 시끄러운 손님의 엉뚱한 짓 때문에 제정신이 아니었다.

왕과 법을 받드는 대신들은 군주 주위에 반원을 그리고 앉아 예의바르게 입을 다물고 있었다. 마치 금식을 한 사람처럼 말짱한 인도인은 버릇없이 왕좌로 올라가는 계단에 앉아 자신의 무분별한 행동 때문에 분개해서 씩씩거리는 구경꾼들을 보며 슬며시 웃음을 흘리고 있었다.

머릿속이 뒤죽박죽이어서 생각의 갈피를 잡을 수 없었던 칼리프는 되는대로 국사를 처리해나갔다. 마침내 주군의 상태를 감지한 총리대신이 얼른 칼리프의 말을 끊을 구실을 생각해내어 주군의 체면을 살린 다음, 작은 소리로 소곤거렸다.

"전하, 간밤에 행성들을 살피신 카라티스 대비께서 전하에게 나쁜 일이 닥칠 것이라고, 위험이 코앞에 다가왔다고 알려드리랍니다. 전하는 저 나그네의 허울 좋은 마법을 보시고 크게 보상을 해주셨지만, 그가 전하의 목숨을 노리는 일이 없도록 주의하시기 바랍니다. 그가 준 액체도 일단은 전하의 아픈 곳을 치료한 듯이 보이지만, 어쩌면 독에 불과

한 것일지도 모르고, 그 독이 갑자기 퍼질지도 모릅니다. 저의 추측을 무시하지 말아주십시오. 적어도 그 약이 무엇으로 만든 것인지, 어디서 난 것인지는 물어보십시오. 그리고 잊고 계신 것 같은데, 사브르 이야기도 해보십시오."

시간이 갈수록 나그네의 오만한 태도를 견디기 힘들어하던 바텍은 대신에게 눈을 찡긋하여 그의 충언을 받아들이겠다는 뜻을 내비쳤다. 바텍은 바로 인도인 쪽으로 고개를 돌리더니 말했다.

"일어나서 디반에 모인 사람들 앞에서 그대가 나에게 마시라고 권한 액체가 무엇으로 만든 것인지 밝히시오. 그것이 독이라고 의심하는 사람들이 있소. 또한 내가 간절히 고대해온 설명, 그대가 나에게 판 사브르에 관한 설명도 해주시오. 그럼으로써 그대가 받은 은혜에 감사하는 마음을 증명해 보이기 바라오."

칼리프는 최대한 겸손한 태도로 이런 말을 한 다음 조용히 답이 나오기를 기다렸다. 그러나 인도인은 자리에 그대로 앉은 채 큰 소리로 다시 웃음을 터뜨리더니, 한마디 대답도 없이 전에도 한번 그랬던 것처럼 무시무시하게 얼굴을 찌푸렸다. 바텍은 더 이상 그런 무례를 참을 수가 없어 그 자리에서 인도인을 걷어차 버렸다. 이어 계단을 내려가 다시 걷어찼다. 바텍이 계속해서 열심히 걷어차자, 그 자리에 있던 사람들도 모두 자극을 받아 그의 뒤를 따르기 시작했다. 모든 발이 위로 올라오더니 인도인을 향했다. 누구든 한 번만 차면 도저히 발길질을 멈출 수가 없었다.

나그네는 그들에게 적잖은 즐거움을 주었다. 그가 땅딸막한 몸을 공처럼 웅크려 그를 공격하는 사람의 발길에 걷어차이는 대로 사방을 돌아다녔기 때문이다. 사람들은 상상할 수 없을 정도로 흥분하여 그가 굴러가는 방향으로 쫓아다녔다. 그 숫자는 시간이 갈수록 점점 불어났다. 공은 이 방에서 저 방으로 굴러다니면서, 가다 만나는 사람들을 모조리 뒤에 달고 갔다. 결국 궁 전체가 혼란에 휩싸여 엄청나게 시끄러운 소리가 나기 시작했다. 하렘의 여인들은 그 소리에 놀라 무슨 일인지 보려고 창문 가리개 쪽으로 달려갔다. 여인들은 공을 보는 순간 도저히 충동을 억제할 수가 없어, 환관의 손아귀를 뿌리치고 달려 나왔다. 환관들은 여인들을 막기 위해 피가 나도록 꼬집었으나 아무런 소용이 없었다. 환관들은 자신이 책임진 여인이 달아나는 것을 보고 공포에 사로잡혀 몸을 떨었지만, 결국 그들 자신도 공의 유혹을 뿌리치지 못했다.

인도인은 큰방, 회랑, 작은방, 부엌, 정원, 마구간을 거쳐 마침내 뜰을 통과하는 쪽으로 방향을 잡았다. 칼리프는 다른 누구보다 앞에서 인도인을 쫓아가며 가능한 한 여러 차례 발길질을 해댔다. 그러다가 이따금씩 그와 함께 달려가며 경쟁하는 자들이 공을 차려고 힘껏 내지른 발에 차이기도 했다.

지혜가 있어 그때까지 공을 차고픈 유혹을 견디어 온 카라티스, 그리고 모라카나바드를 비롯하여 대신 두세 명은 칼리프가 백성들 앞에 모습을 드러내는 것을 막으려고 그가 가는 길에 엎어져 전진을 막으려 했다. 그러나 칼리프는 그들의 머리를 훌쩍 뛰어넘어 똑같은 기세로 앞으로 달려갔다. 그러자 그들은 무에진*들에게 기도 시간을 알리라고 명령했다. 한편으로는 사람들의 달리기를 막으려는 것이기도 했고, 다른 한편으로는 사람들의 기도를 통해 재난을 막으려는 것이기도 했다. 그러나 이 방법도 전혀 도움이 되지 않았다. 사람들은 이 운명적인 공을 보기만 하면 그쪽으로 달려들었다. 멀리서 그것을 본 무에진들조차 첨탑에서 황급히 달려 내려와 군중 속에 끼어들었다. 군중의 숫자는 놀랄 만큼 빠른 속도로 불어나 사마라에는 노인네들, 자리보전을 하는 병자들, 젖가슴에 매달린 갓난아기들과 그 아기들 때문에 빨리 뛸 수 없는 유모들 외에는 사람이 거의 남지 않게

---

* 이슬람 성전의 첨탑에서 기도시간을 알리는 사람.

되었다. 심지어 카라티스, 모라카나바드를 비롯해 그때까지 거리를 두던 사람들도 모두 군중 속에 뛰어들었다. 거처에서 뛰쳐나왔으나 이제 군중의 압력으로부터 벗어날 수 없게 된 후궁의 여인들이 내지르는 날카로운 비명과 그들 뒤를 쫓아가며 자기가 책임진 여인이 시야에서 사라질까봐 겁에 질려 내지르는 환관들의 비명이 뒤섞였다. 남자들은 앞으로 가라고 다그치며, 서로를 위협하고 욕했다. 자기들끼리 발길질을 하기도 했다. 한 걸음 내디딜 때마다 누군가는 발에 걸려 나자빠졌다. 혼란이 사마라 전 지역을 휩쓸면서, 이 도시는 폭풍에 휩싸여 완전히 황폐해진 도시처럼 변해버렸다. 저주받은 인도인은 그 동그란 형체를 그대로 유지한 채 모든 거리와 공공장소를 지나치며 가는 곳마다 사람들을 빨아들인 뒤, 카툴 초원을 향하여 굴러가더니 네 개의 샘이 있는 골짜기로 들어갔다.

줄기차게 떨어지는 폭포로 인해 골짜기에는 거대한 소(沼)가 패어 있었고 그 너머는 가파른 절벽이었기 때문에 칼리프와 그를 따르는 사람들은 혹시나 공이 그 심연에 빠지지나 않을까 마음을 졸여, 그런 사태를 막으려고 두 배로 노력을 기울였으나 소용이 없었다. 인도인은 가던 방향을 그대로 유지하여, 번개와 같은 속도로 절벽에서 허공을 날더니 그대로 골짜기 아래로 사라지고 말았다.

만일 눈에 보이지 않는 힘이 전진을 막지 않았더라면 바텍은 그 변덕스러운 불신자의 뒤를 따랐을 것이다. 바텍의 뒤를 따르던 군중 역시 똑같은 방식으로 제어되었으며, 순식간에 냉정한 분위기가 회복되었다. 그들은 모두 놀란 표정으로 서로를 마주보았다. 베일과 터번이 날아가고 옷은 찢어지고 땀과 먼지가 범벅이 되어 모두 우스꽝스러운 모습이었으나, 누구 하나 웃음을 내비치지 않았다. 오히려 서글픈 표정으로 어이없어하면서 모두 말없이 사마라로 돌아가 자기 집 가장 깊숙한 곳에 처박혔다. 그들은 눈에 보이지 않는 힘에 의해 그런 방종한 상태로 떠밀렸다는 생각은 해보지도 못하고, 자신만 책망했다. 사람들이란 흔히 자신은 도구에 지나지 않았던 선한 일을 자신의 공으로 내세우듯이, 자신은 어쩔 수 없었던 터무니없는 일도 자기 탓으로 여기기 때문이었다.

칼리프만이 유일하게 골짜기를 떠나지 않았다. 그는 그곳에 천막을 치라고 명령하고, 절벽이 무너질 위험이 있고 그를 그렇게 잔인하게 괴롭힌 마법사가 근처에 있다는 카라티스와 모라카나바드의 진정에도 불구하고, 절벽 가장자리를 떠나지 않으려 했다. 바텍은 그들의 모든 항변에 코웃음을 쳤다. 그는 횃불을 천 개 피워 올리라 명령하고, 수행원들에게 불을 더 가져와 미끄러운 가장자리에 늘어놓으라고 한 다음, 이 인공적인 빛들의 도움을 얻어 가장 높은 하늘의 모든 불로도 드러내지 못했던 밑의 어둠을 꿰뚫어보려 했다. 그러자 심연으로부터 사람들의 목소리가 올라오는 것 같았다. 다음 순간에는 그 가운데서 인도인의 말투가 또렷이 귀에 잡히는 듯했다. 그러나 그 모든 것이 물의 공허한 웅얼거림일 뿐, 폭포들이 산의 비탈면을 언덕에서 언덕으로 거쳐 내려오는 소리일 뿐이었다.

칼리프는 이런 고통스러운 혼돈 속에서 밤을 보낸 뒤 동틀 녘에 천막에 들었다. 그곳에서 음식은 입에 대지도 않고, 다시 저녁 어스름이 찾아올 때까지 계속 졸기만 했다. 저녁이 되자 칼리프는 다시 밤샘에 나섰으며, 그런 식으로 끈질기게 많은 밤을 보냈다. 그러나 그도 마침내 이 보람 없는 노고에 지쳐 가끔 바람을 쐴 겸 초원을 황망하게 돌아다니곤 했다. 그러다가 충혈된 눈으로 별들을 바라보며 자신을 속인 것을 책망하기도 했다. 그러던 어느 순간, 맑고 파란 하늘에 핏줄기들이 줄무늬를 그리는 것이 보였다. 핏줄기는 골짜기에서부터 뻗어 나와 심지어 사마라에까지 이르렀다. 이 무시무시한 현상이 그의 탑에 이르는 것처럼 보였을 때, 바텍은 처음에는 탑으로 가서 좀 더 자세히 관찰할까 하는 생각을 했다. 그러나 앞으로 나아갈 수가 없었다. 그는 불안에 사로잡혀, 가운 옷깃에 얼굴을 묻고 말았다.

사실 무시무시한 일이기는 했지만, 바텍의 공포는 순간적일 뿐이었으며, 오히려 경이로운 것에 대한 그의 애착을 자극하기만 했다. 그는 궁으로 돌아가는 대신, 인도인이 자신의 시야에서 사라진 곳을 떠나지 않겠다는 결심을 굳게 다졌다. 그러던 어느 날 밤 평소처럼 초원을 걷고 있는데, 달과 별들이 순간적으로 빛을 잃으면서 완전한 암흑이 찾아왔다. 그의 발아래 땅이 흔들리더니 목소리가 들렸다. 지아우르의 목소리였다. 그는 천둥보다 더 큰 소리로 바텍에게 말했다.

　　"그대는 자신을 나에게 바치겠는가? 땅의 힘들을 사모하고, 무함마드를 부인하겠는가? 만일 그렇게 한다면 내가 그대를 '지하 화염의 궁'으로 데리고 가겠다. 그곳의 거대한 보고(寶庫)에서 그대는 별들이 그대에게 약속한 보물을 보게 될 것이다. 그대가 그곳의 영(靈)들의 자비를 얻는다면, 그 영들이 그대에게 보물을 하사할 것이다. 내가 검을 가져온 곳이 그곳이며, 솔리만* 벤 다우드가 세계를 지배하는 부적들에 둘러싸여 쉬고 있는 곳도 그곳이다."

　　칼리프는 깜짝 놀라 목소리가 떨렸지만, 그의 대답은 그가

---

* 대왕이라는 뜻.

초자연적인 모험의 초보자가 아님을 보여주기에 충분했다.

"그대는 어디에 있는가? 내 앞에 모습을 보여라. 나를 혼란스럽게 하는 어둠, 아마도 그대가 만들었을 이 어둠을 흩어버리라. 내가 그대를 드러내기 위해 그렇게 많은 횃불을 태웠으니, 그대는 그 무시무시한 모습을 잠깐이라도 보여주어야 하지 않겠는가."

"그러면 무함마드를 부인하라!" 인도인이 대답했다. "그리고 그대의 마음이 진심임을 분명하게 증명하겠다고 약속하라. 그렇지 않으면 그대는 나를 두 번 다시 보지 못할 것이다."

불행한 칼리프는 채울 수 없는 호기심에 이끌려 아낌없이 약속을 해주고 말았다. 그 즉시 하늘이 밝아졌다. 타오르는 듯한 행성들의 빛 덕분에 바텍은 땅이 열리는 것을 보았다. 검게 갈라진 거대한 틈 밑바닥에 흑단으로 만든 문이 하나 있고, 그 앞에 인도인이 손에 황금 열쇠를 들고 서 있었다. 인도인은 열쇠로 자물쇠를 톡톡 두드렸다.

바텍이 소리쳤다. "내가 어떻게 하면 그대에게로 내려갈 수 있는가? 오라, 나를 데려가라, 어서 문을 열어다오."

"그렇게 빨리는 안 되지." 인도인이 대답했다. "안달하는 칼리프여! 내 목이 바짝바짝 타고 있으니 내 목마름을 완전히 달래기 전에는 문을 열 수 없다. 아이들 쉰 명의 피를 다오. 그대의 대신과 고관들이 낳은 가장 아름다운 아들들 가운데서 쉰 명을 뽑아야 한다. 아니면 나의 목마름도 그대의 호기심도 채워질 수 없을 것이다. 사마라로 돌아가라. 나에게 바칠 술을 구해 오라. 그런 다음 이곳으로 돌아와 그대가 그것들을 직접 이 갈라진 틈에 던지면, 그때 그대는 보게 될 것이다!"

인도인은 말을 마치자 칼리프에게 등을 돌렸다. 칼리프는 악마의 제안에 고무되어 무시무시한 희생제를 드리기로 결심했다. 그가 평정을 되찾은 듯이 꾸미고 사마라로 향하자 여전히 그를 사랑하는 백성은 환호했다. 그들은 칼리프가 이성을 되찾은 것을 보고 기뻐하지 않을 수 없었다. 그가 워낙 완벽하게 속마음을 감추었기 때문에, 심지어 카라티스와 모라카나바드도 다른 사람들과 마찬가지로 속고 말았다. 사마라에는 기뻐서 잔치를 벌이는 소리 말고는 아무런 소리도 들리지 않았다. 이제까지는 감히 말도 꺼내지 못하던 그 운명의 공도 화제에 올랐다. 아직 많은 사람들이 그 기억에 남을 만한 모험에서 얻은 상처 때문에 욱신거리는 몸을 의사의 손에 맡기느라 웃을 기분이 아니었지만, 그래도 사방에서 웃음이 터져 나왔다.

이런 즐거운 분위기가 널리 퍼지는 것에 바텍은 적잖이 감사했다. 그것이 자신의 계획에 큰 도움이 된다는 것을 알았기 때문이다. 바텍은 모든 사람에게 상냥한 태도를 보여주었다. 그 가운데도 대신과 궁정의 귀족들에게 호화로운 잔치를 베푸는 것을 잊지 않았다. 바텍은 잔치 중에 슬며시 화제를 자식 이야기로 끌고 갔다. 바텍이 유쾌한 태도로 어느 집 아이가 가장 잘생겼느냐고 묻자, 모든 아버지가 동시에 자신의 아이라고 대답했다. 경쟁은 점점 뜨거워져, 칼리프에 대한 깊은 존경심이 아니었다면 기어코 주먹질이 오갔을 것이다. 바텍은 논쟁을 중재한다는 구실로 자신이 결정을 내릴 테니 아이들을 모두 데려오라고 명령했다.

오래지 않아 가엾은 아이들이 나타났다. 모두들 다정한 어머니가 아들의 아름다움을 한껏 부각시키기 위해, 또는 그 나이 특유의 귀여운 매력을 최대한 드러내기 위하여 달아준 장식물로 치장을 하고 있었다. 이 찬란한 아이들은 모든 사람의 눈과 마음을 잡아끌었지만, 칼리프는 악의에 찬 탐욕(다른 사람들은 관심이라고 착각했을 것이다)으로 아이들 하나하나를 꼼꼼히 살피며, 그 가운데서 지아우르가 좋아할 만하다고 생각되는 아이들 쉰 명을 골라냈다.

칼리프는 전과 다름없이 상냥한 태도로, 자신이 가장 예쁘게 본 아이들을 대접하기 위하여 초원에서 축제를 열겠다고 제안했다. 그러면서 자신은 그 아이들에게 특별히 후의를 베풀 작정이므로, 이 아이들은 자신이 건강을 회복한 것을 누구보다도 기뻐해야 한다고 덧붙였다.

사람들은 칼리프의 제안을 매우 기쁘게 받아들였으며, 그 소식은 곧 사마라 전체에 퍼졌다. 낙타와 말이 준비되었다. 남자와 아이들, 노인과 젊은이들, 모두가 원하는 대로 자리를 잡았다. 행렬이 앞으로 나아가기 시작했고, 도시와 그 인근의 과자 장수들이 모두 달라붙었다. 걸어서 쫓아오는 사람들이 엄청난 무리를 이루어 몹시 시끄럽게 떠들어댔다. 모두들 기뻐하였다. 지금은 이렇게 즐겁게 지나가지만, 얼마 전에 이 거리를 달려갈 때 그들 대부분이 얼마나 큰 고통을 겪어야 했는지 기억하는 사람은 하나도 없었다.

저녁의 초원은 고즈넉했고 바람은 시원했고 하늘은 맑았고 꽃들은 향기를 뿜었다. 온화한 광채를 내뿜으며 산꼭대기에서 쉬고 있던 석양은 하얀 양떼가 노니는 녹색 비탈 위로 불그레한 빛을 드리웠다. 아무런 소리도 들리지 않았다. 네 개의 샘이 졸졸거리는 소리, 이 언덕 저 언덕에서 양치기들이 서로를 부르는 목소리와 피리 소리뿐이었다.

제물이 바쳐지는 장소로 다가가는 어여쁘고 순진한 아이들도 유쾌한 풍경을 만드는 데 한몫을 했다. 아이들은 놀 것이 넘쳐나는 초원으로 다가갔다. 어떤 아이들은 나비를 쫓아가고 어떤 아이들은 꽃을 꺾고 어떤 아이들은 반짝거리는 조약돌을 집어들었다. 간혹 어떤 아이들은 나 잡아보라고

잽싸게 앞으로 달려나갔다가 다시 서로 뒤엉키며 즐겁게 나
뒹굴곤 했다.

밑바닥에 흑단으로 만든 문이 있는 무시무시한 골짜기가
멀리 보이기 시작했다. 마치 검은 줄이 초원을 가로지르는
것 같았다. 모라카나바드와 그의 동행자들은 그것이 칼리프
의 명령에 따라 무슨 공사가 벌어진 것이라고 생각했다. 가
엾은 사람들! 그들은 그것이 어떤 목적에 쓰일 것인지 짐작
도 하지 못했다. 바텍은 사람들이 골짜기를 너무 가까이서
보지 못하도록 행렬의 전진을 막았다. 그는 저주받은 골짜
기로부터 조금 떨어진 곳에 널찍하게 원을 만들라고 명령했
다. 그리고 환관들로 이루어진 친위대를 파견하여 경기장의
울타리를 치고, 어린 궁수들의 활터를 마련하게 했다. 이윽
고 옷을 벗긴 쉰 명의 아이들이 사람들 앞에 나왔으며, 그
유연하고 우아한 팔다리는 구경꾼들의 감탄을 자아냈다. 아
이들의 눈은 기쁨으로 반짝거렸고, 그 기쁨은 그들의 다정
한 부모들의 눈에도 반사되었다. 부모들은 모두 자신이 소
중하게 여기는 어린 후보를 위해 기도했으며, 자신의 아이
가 승리를 거둘 것을 의심하지 않았다. 사람들은 숨을 죽이
고 침을 삼키며 이 귀엽고 순진한 희생자들의 시합을 기다
리고 있었다.

칼리프는 군중으로부터 멀어질 기회가 생기자마자 깊은

골짜기 쪽으로 나아갔다. 순간 인도인의 목소리가 들려왔는데, 칼리프조차도 몸서리가 쳐지지 않을 수 없었다. 인도인은 뿌드득 이를 갈며 간절한 목소리로 다그쳤다.

"어디 있는가? 아이들은 어디 있는가? 내 입에서 침이 흐르는 것을 보지 못하는가?"

"무자비한 지아우르!" 바텍이 감정이 복받쳐 대답했다. "이 아름다운 아이들의 학살 외에는 그대를 만족시킬 방도가 없는가? 아! 그대가 이 아이들의 아름다움을 본다면, 틀림없이 동정심이 생겨날 것이다."

"동정심은 무슨 얼어죽을 놈의 동정심." 인도인이 소리쳤다. "그만 종알거리고 어서 아이들을 내게 다오. 당장! 그렇지 않으면 내 문은 그대에게 영원히 닫힐 것이다!"

"그렇게 큰 소리로 말하지 말라." 칼리프가 얼굴을 붉혔다.

"알았다." 지아우르가 식인귀처럼 싱긋 웃으며 대꾸했다. "아직은 사리분별력이 있다는 거로군. 그렇다면 잠시 기다려주지."

이런 절묘한 대화가 오가는 동안 시합은 시원시원하게 진행되어, 마침내 산자락에 어스름이 깔릴 무렵 경기는 마무리가 되었다. 여전히 깊은 골짜기 가장자리에 서 있던 바텍은 있는 힘을 다해 소리쳤다.

"내가 사랑하는 쉰 명의 아이들이 나에게 하나씩 가까이

오게 하라. 승리한 순서대로 오게 하라. 제일 처음 오는 아이에게 나의 다이아몬드 팔찌를 주겠다. 두 번째로 오는 아이에게는 에메랄드 목걸이를 주겠다. 세 번째로 오는 아이에게는 루비로 만든 투구 장식을 주겠다. 네 번째로 오는 아이에게는 토파즈 장식 띠를 주겠다. 그리고 나머지 아이들에게는 각각 내가 몸에 걸친 것을 하나씩 벗어주겠다. 심지어 내 신발까지 벗어주겠다."

이 말을 듣자 사람들은 연거푸 환호를 지르며 백성에게 즐거움을 주기 위해, 자라나는 세대를 격려하기 위해 벌거벗는 일도 마다하지 않겠다는 군주의 너그러운 마음을 찬양했다. 칼리프는 옷을 하나씩 벗기 시작했다. 그가 팔을 높이 들어 올릴 때마다 아이에게 주는 상이 공중에서 반짝거렸다. 그러나 칼리프는 한 손으로는 뛰어나오는 아이에게 상을 전달하면서, 다른 손으로는 그 가엾고 순수한 아이를 심연으로 밀어 넣었다. 심연 밑바닥에서는 지아우르가 음침한 목소리로 쉴 새 없이 중얼거렸다. "더! 더!"

칼리프는 이 무시무시한 일을 아주 교묘하게 처리했기 때문에 그에게 다가오는 아이는 앞에 간 아이의 운명을 전혀 모르고 있었다. 저녁의 어둠이 깔리는 데다가 거리조차 멀어 구경꾼들은 아무것도 분명하게 볼 수가 없었다. 바텍은 이런 식으로 쉰 명의 아이 가운데 마지막 아이까지 던져 넣고, 지아우르가 마지막 아이를 받은 다음 열쇠를 건네주기를 기다렸다. 마음속으로는 이미 자신이 솔리만처럼 위대해지고, 그 결과 자신이 저지른 짓에 아무런 책임을 질 필요가 없는 존재가 되었다고 상상하고 있었다. 그러나 놀랍게도 갈라졌던 골짜기가 닫히더니, 그곳의 땅도 초원의 다른 곳과 마찬가지로 말짱한 모습으로 바뀌어버렸다.

칼리프의 분노와 절망은 말로 표현할 수 없었다. 그는 인도인의 배신을 저주했다. 극악한 욕설을 잔뜩 퍼부으면서, 그 욕설이 반드시 인도인의 귀에 들어가게 하려는 듯 발까지 굴렀다. 칼리프는 힘이 다 빠질 때까지 그 짓을 계속하다가 감각을 잃은 사람처럼 땅에 쓰러졌다. 다른 사람들보다 가까이 있던 대신과 고관들은 처음에는 칼리프가 자신들의 귀여운 자식들과 놀기 위해 풀밭에 앉았다고 생각했다. 그러나 마침내 뭔가 이상하다는 생각이 들어 칼리프가 있는 곳까지 나아갔으나 칼리프는 혼자였다. 그는 다가오는 사람들을 향해 무슨 일이냐고 거칠게 다그쳤다.

"우리 아이들! 우리 아이들!" 그들은 소리쳤다.

"물론 사고의 책임을 나에게 물으면 기분은 좀 나아질지 모르지만, 아이들은 놀다가 절벽에서 떨어진 것이다. 얼른 뒤로 물러나지 않았다면, 나도 같은 운명을 겪었을 것이다."

그 말에 쉰 명의 소년의 아버지들은 울부짖기 시작했다.

어머니들은 한 옥타브 높게 그들의 울부짖음을 되풀이하였다. 나머지 사람들은 이유도 모르고, 훨씬 더 큰 탄식으로 자식 잃은 부모들의 목소리를 삼켜버렸다. 그들은 수군거리기 시작했다.

"우리 칼리프가 저주받을 지아우르를 만족시키기 위해 꾀를 쓴 거야. 우리를 배신한 칼리프를 벌해야 돼! 복수를 해야 돼! 무고한 아이들의 핏값을 치르게 해야 돼. 이 잔인한 군주를 가까운 골짜기에 집어던지고, 다시는 그의 이름이 입에 오르내리지 않게 하자!"

이 말은 금방 퍼져나갔다. 이런 소문과 위협에 카라티스는 깜짝 놀라 모라카나바드에게 달려갔다.

"대신이여, 그대는 아름다운 자식 둘을 잃었으니, 아버지들 가운데도 가장 괴로우시겠지요. 하지만 그대는 덕망이 있는 분이시니 그대의 주군을 구해 주시구려."

"주군을 현재의 위험으로부터 구하기 위해 온갖 어려움을 무릅쓰겠습니다. 그러나 그 다음은 전하의 운명에 맡겨두겠습니다." 대신이 말을 이어나갔다. "바바발루크, 당신이 환관들의 앞장머리에 서시오. 폭도를 흩어버리고, 가능하다면 저 불행한 군주를 궁으로 모시도록 하시오."

바바발루크와 그의 동료들은 자기들은 부모로서의 명예나 근심 때문에 걱정할 일은 없다고 서로를 축하하면서 대신의 명을 따랐다. 대신 역시 있는 힘을 다해 환관들을 도와 마침내 자신이 너그러운 마음으로 시작한 일을 마무리한 뒤, 원래 마음먹은 대로 혼자 슬퍼할 시간을 갖기 위해 물러났다.

칼리프가 궁으로 다시 돌아오자마자 카라티스는 모든 문을 잠그라고 명령했다. 그러나 궁 밖의 소요가 여전히 심각하여 사방에서 저주가 들려오자 그녀는 아들에게 말했다.

"사람들이 옳건 그르건, 너는 안전을 도모하여야겠다. 네 처소로 가, 그곳에서 우리만 알고 있는 지하 통로를 통해 탑으로 올라가거라. 그곳에서 절대 탑을 떠나지 않는 벙어리들의 지원을 얻으면, 우리는 강력하게 버틸 수 있을 것이야. 바바발루크는 우리가 여전히 궁 안에 있다 생각하고 자신의 안전을 위해서라도 궁으로 통하는 길들을 경비하겠지. 곧 우리는 그 질질 짜기나 하는 모라카나바드의 조언 없이도 어떤 수단이 최선인지 알 수 있을 게다."

바텍은 아무런 대답도 없이 어머니의 제안에 순순히 따랐다. 그는 가는 길에도 혼잣말을 되풀이했다.

"사악한 지아우르! 너는 어디에 있는가? 아직 그 가엾은 아이들을 삼키지 못했는가? 네 사브르들은 어디에 있는가? 황금 열쇠는? 부적은?"

카라티스는 이런 혼잣말을 듣고 진상의 일부를 추측할 수 있었으며, 탑에 간 칼리프가 약간 안정되자 금세 전체적인 상황을 파악할 수 있었다. 그러나 왕모는 양심의 가책 같은 것은 전혀 느끼지 않았다. 그녀는 갈 데까지 간 사악한 여인이었기 때문이다. 사실 이 사악함은 대단한 것이다. 모든 경쟁에서 자신의 우월성을 자랑해왔기 때문이다. 따라서 카라티스는 칼리프의 이야기를 듣고도 전혀 겁을 먹거나 놀라지 않았다. 오직 지아우르의 약속을 들었을 때에만 감정이 움직였을 뿐이다. 그녀는 아들에게 말했다.

"지아우르는 약간 피비린내 나는 취향을 가졌다고 이야기하지 않을 수가 없구나. 하지만 땅의 신들이란 늘 무시무시하지. 그럼에도 인도인이 약속한 것, 그리고 땅의 신들이 줄 수 있는 것은 모든 것을 잊을 만한 보상이 될 것이야. 그런 보상이라면 어떤 범죄를 치른다 해도 값이 비싸다고 생각할 수는 없지. 그러니 그 인도인을 욕하는 것을 삼가게. 너는 그가 원하는 조건을 다 충족시키지 못했지. 예컨대 지하의 지니들을 위한 희생제가 필요한 것은 아닐까? 소요가 가라앉자마자 그것을 준비해야 하는 것이 아닐까? 소요를 진정시키는 일은 내가 맡겠다. 네 보물들을 이용하면 틀림없이 성공할 것이야. 이제 다른 많은 보물이 준비되어 있으니까, 아무런 걱정 없이 다 써버려도 되지 않겠니."

최고의 설득 기술을 갖춘 왕모는 즉시 지하 동굴로 다시

내려갔다. 그녀는 궁의 창문을 통해 백성 앞에 모습을 드러
내고 능란한 솜씨로 연설을 늘어놓기 시작했다. 한편 바바
발루크는 군중 사이에서 두 손으로 돈을 뿌렸다. 군중은 연
설과 돈으로 인해 곧 잠잠해졌다. 결국 모두들 집으로 돌아
갔고, 카라티스는 탑으로 돌아갔다.

　새벽 기도를 알리는 시간에 카라티스와 바텍은 탑 꼭대기
로 통하는 계단을 올라갔다. 하늘이 밑으로 내려앉아 곧 비
를 뿌릴 것 같았지만, 그들은 한동안 꼭대기에 서 있었다.
머리 위까지 내려온 어둠은 그들의 사악한 기질과 잘 어울
렸다. 이윽고 해가 구름들을 뚫고 나오자, 그들은 햇빛이 들
어오는 것을 막기 위해 차일을 치라고 명령했다. 피로에 지
친 칼리프는 좀 쉬면서 기운을 회복하고 싶었다. 동시에 의
미심장한 꿈이 그의 잠을 찾아주기를 바라는 마음도 있었
다. 한편 지칠 줄 모르는 카라티스는 벙어리 패거리와 더불
어 그날 밤의 봉헌에 필요하다고 판단되는 것들을 준비하러
내려갔다.

　그녀는 자신과 아들만이 알고 있는, 두꺼운 벽 안에 교묘
하게 파놓은 비밀 계단을 통해 우선 고대 파라오들의 무덤
에서 꺼내온 미라들을 보관해놓은 신비의 방으로 갔다. 그
녀는 벙어리들에게 이 미라들 가운데 몇 개를 꺼내라고 명
령했다. 카라티스는 그곳에서 회랑으로 갔다. 그곳에서는

벙어리에 오른쪽 눈이 장님인 검은 여인 쉰 명이 가장 독이 강한 뱀들의 기름, 코뿔소의 뿔, 인도 내륙에서 가져온 미묘하면서도 강한 냄새를 풍기는 나무 등 무시무시하고 진귀한 물건들을 수도 없이 관리하고 있었다. 이 물건들은 카라티스 자신이 바로 이런 때를 대비하여 모아놓은 것이었다. 언젠가는 지옥의 신들과 교제할 수 있을 것이라는 예감이 있었기 때문인데, 그녀는 늘 그 권세들에 정열적인 애착을 가지고 있었고 또 그들의 취향을 잘 알고 있었다.

왕모는 곧 눈앞에 닥칠 무시무시한 광경들에 익숙해지기 위해 검은 여인들과 함께 그 자리에 그대로 있었다. 검은 여인들은 하나뿐인 눈으로 아주 귀엽게 곁눈질을 하고 있었다. 카라티스가 장에서 두개골과 뼈를 꺼내자 곁눈질하는 그들의 눈에 묘한 즐거움이 감돌았다. 검은 여인들은 곧 무시무시하게 몸을 뒤틀며 아주 날카로운 소리로 재잘거리기 시작했다. 왕모는 깜짝 놀랐다. 그들의 입에서 뿜어져 나오는 날숨의 힘에 숨이 막힐 것 같았다. 왕모는 그 가증스러운 보물 가운데 일부만 꺼내서 회랑을 빠져나올 수밖에 없었다.

카라티스가 지하에 가 있는 동안, 현실 너머 꿈의 땅에서 기대했던 예언 대신 왕성한 식욕만 얻어온 칼리프는 벙어리들에게 마구 화풀이를 해댔다. 칼리프는 그들이 귀가 먹었다는 사실을 까맣게 잊고 먹을 것을 달라고 닦달을 했다. 그리고 벙어리들이 그의 요구를 받들지 못하자, 그들을 때리고 꼬집고 물었다. 마침내 카라티스가 들어와 그 품위 없는 행동을 중단시킨 덕분에 가엾은 벙어리들은 안도의 숨을 쉴 수 있었다.

"아들아! 이게 다 무슨 짓이냐?" 카라티스가 숨을 헐떡이며 말했다. "동굴 구석의 틈에서 쫓겨 나온 박쥐 떼가 소리를 질러대는 줄 알았지 뭐냐. 그런데 알고 보니 네 무자비한 학대 때문에 이 가엾은 벙어리들이 지르는 비명이로구나. 정녕 너는 내가 가져온 이 훌륭한 음식을 받을 자격이 없구나."

"당장 주십시오." 칼리프가 소리쳤다. "이러다 굶어 죽겠습니다!"

"내가 가져온 것을 소화시키려면 아주 튼튼한 위를 가지고 있어야 하는데."

"얼른 주십시오." 칼리프가 대답했다. "아니, 맙소사! 무시무시해라! 대체 무엇을 하려는 것입니까?"

"자, 자, 그렇게 점잔 뺄 것 없다. 제대로 배치나 하게 도와다오. 네가 이렇게 역겨워하면서 거부하는 것이 곧 네 행복을 완성해줄 것이야. 오늘 밤의 희생제를 위해 장작더미나 준비하자꾸나. 그 일을 끝낼 때까지 먹는 것은 생각도 말거라. 엄숙한 의식을 거행하려면 그 전에 엄격하게 금욕을 해야 한다는 것을 알지 못하느냐?"

칼리프는 감히 토를 달지 못하고 슬픔에 사로잡힌 채 그
의 텅 빈 내장을 쓸고 지나가는 바람 소리에만 귀를 기울였
다. 그의 어머니는 필요한 일을 하기 시작했다. 뱀의 기름이
든 병·미라·뼈 등이 곧 탑의 난간에 차례대로 자리를 잡았
다. 장작더미는 높이 올라가기 시작하여, 세 시간 만에 6미
터 높이에 이르렀다. 마침내 어둠이 다가오자 카라티스는
속옷만 남기고 옷을 다 벗은 뒤 황홀경에 빠져들며 두 손을
모았다. 벙어리들도 그녀를 따라 했다. 그러나 굶주림과 초
조함 때문에 홀쭉해진 바텍은 버티지 못하고 쓰러지며 정신
을 놓고 말았다. 마른 장작에는 이미 불이 붙었다. 불에 독
사의 기름이 들어가자 파란 불길이 수도 없이 피어올랐다.
미라가 들어가 녹자 짙은 갈색의 증기가 피어올랐다. 코뿔
소의 뿔이 녹기 시작했다. 이 모든 것이 합쳐져 엄청난 악취
를 뿜어내는 바람에 칼리프는 깜짝 놀라 혼수상태에서 깨어
났다. 그는 어리둥절한 눈길로 주위에서 벌겋게 타오르는
불길을 둘러보았다. 기름은 물줄기를 이루며 콸콸 쏟아져
들어갔다. 쉬지 않고 기름을 공급하던 검은 여인들은 왕모
의 외침에 자신들의 외침을 보탰다. 마침내 불길이 거세어
지면서 반들거리는 대리석에 비치는 불길마저 눈부셔 마주
보기가 힘들었다. 칼리프는 열기와 화염을 견딜 수 없어 자

리를 피하고 말았다. 그는 제국의 깃발 아래 몸을 감추었다.

한편 사마라의 주민들은 도시를 밝히는 빛에 겁을 먹고 서둘러 잠자리에서 일어나 지붕으로 올라가보았다. 그들은 탑에 불이 붙은 것을 보고 옷도 제대로 걸치지 못한 채 광장으로 달려나갔다. 군주를 사랑하는 마음이 즉시 되살아났다. 사람들은 칼리프가 그의 탑에서 죽을 위험에 처했다고 걱정하여, 오로지 그를 안전하게 구할 방법을 찾는 데만 몰두했다. 모라카나바드는 은거했던 곳에서 나와 눈물을 훔쳐내고 다른 사람들과 함께 물을 가져오라고 소리쳤다. 코가 마법의 냄새에 좀 더 익숙했던 바바발루크는 금방 카라티스가 자신이 가장 좋아하는 놀이를 하고 있다고 추측하고 사람들에게 놀라지 말라고 열심히 타이르고 다녔다. 그러나 사람들은 그를 늙은 겁쟁이 취급하여, 비열한 반역자라 불렀다. 쌍봉낙타와 단봉낙타가 물을 싣고 앞으로 나아갔다. 그러나 어느 길로 가야 탑으로 들어가는지 아는 사람이 아무도 없었다. 사람들이 문을 뜯어 열려고 안간힘을 쓰는 동안, 거센 북동풍이 불면서 거대한 불길이 그들을 덮쳤다. 사람들은 처음에는 주춤했으나, 곧 두 배로 힘을 냈다. 그러나 뿔과 미라의 악취가 강해지면서 대부분의 사람들이 질식하여 뒤로 자빠졌다. 간신히 버티고 선 사람들은 서로 얼굴을 마주보며 냄새의 원인을 궁금해하다가, 일단 뒤로 물러서기로 했다. 모라카나바드는 애처롭기 짝이 없는 몰골로 다른 사람들보다 더 힘겨워했다. 그러나 사람들은 한 손으로 코를 틀어쥐었으면서도, 다른 손으로는 문을 부수고 들어가려고 집요하게 달라붙었다. 가장 힘이 세고 의지가 굳은 백사십 명이 마침내 목적을 이루었다. 그들은 계단을 열심히 뛰어올라 십오 분 만에 높은 곳에 이르렀다.

카라티스는 벙어리들의 손짓에 깜짝 놀라 계단으로 나섰다. 몇 걸음 내려가자 밑에서 외치는 소리가 들렸다. "금방 물을 가져갑니다!" 나이에 비해 상당히 민첩한 편인 카라티스는 곧 다시 탑 꼭대기로 올라갔다. 그녀는 아들에게 희생제를 잠시 중단하라고 명령하고 덧붙였다.

"곧 더 즐겁게 제를 올릴 수 있을 게다. 네 백성 가운데 어리석은 자들이 이곳에 불이 났다고 생각하여 물을 올리겠다고 지금까지 아무도 침범한 적이 없는 문들을 부수고 달려왔구나. 저들이 아주 착하다는 것은 인정해야겠다. 네가 저지른 짓을 저렇게 빨리 잊어버리다니 말이다. 하지만 그것은 중요하지 않아. 저들을 지아우르에게 바치자꾸나. 저들을 올라오게 하자. 힘이나 경험에서 달릴 것이 없는 우리 벙어리들이 피로에 지친 저들을 곧 처치해버릴 것이다."

"그렇게 하시지요. 얼른 끝내고 식사만 할 수 있다면 말입니다."

실제로 이 선량한 사람들은 서둘러 천오백 개의 계단을 올라오느라 숨이 가빴다. 그들은 도중에 물을 흘린 것을 분해하며 꼭대기에 이르렀지만, 올라오자마자 화염과 미라 냄새 때문에 금방 정신을 잃고 말았다. 그 바람에 벙어리와 검은 여인들이 그들의 목에 밧줄을 걸며 유쾌한 웃음을 짓는 것을 보지 못했으니 여인들로서는 안타까운 일이었다! 그렇다고 이 상냥해 보이는 여인들의 기쁨이 덜했던 것은 아니다. 그들은 이전에 목을 조르는 의식을 이렇게 편하게 해치운 적이 없었다. 사람들은 모두 아무런 저항이나 몸부림도 없이 쓰러졌다. 바텍은 몇 분도 안 되어 그의 가장 충성스러운 백성들의 주검에 둘러싸였다. 곧 그 주검들은 장작더미 위에 던져졌다. 절대 마음의 평정을 잃는 법이 없는 카라티스는 그만하면 희생제를 완수하는 데 필요한 주검이 충분하다고 판단하여, 계단에 사슬을 걸고 철문에 방책을 쳐 사람들이 더 올라오지 못하게 하라고 명령했다.

그 명령이 이행되자마자 탑이 흔들리기 시작했다. 주검들은 불길 속에 사라졌다. 불길은 거무스름한 주홍색에서 밝은 장미색으로 바뀌었다. 주위의 증기는 아주 달콤한 향기를 내뿜었다. 대리석 기둥들은 조화로운 소리를 내며 흔들렸다. 액체가 된 뿔은 맛좋은 냄새를 발산했다. 카라티스는 환희에 차 자신이 시작한 일의 성공을 고대했다. 그러나 이런 달콤한 것들에는 불쾌감을 느끼는 벙어리와 검은 여인들은 투덜거리며 자기 방으로 물러났다.

그들이 사라지자마자 칼리프의 눈에는 장작더미·뿔·미라·재 대신 포도주 병과 눈 위에 놓인 맛좋은 셔벗 단지 등 진수성찬으로 덮인 식탁이 보였다. 칼리프는 형언할 수 없는 기쁨을 느꼈다. 그는 아무런 가책도 없이 그 향응에 응하여, 이미 피스타치오 열매를 넣은 양고기에 손을 대고 있었다. 한편 카라티스는 금은 세공으로 장식된 단지에서 양피지를 끝도 없이 끄집어내고 있었다. 아들은 절박한 식욕을 채우느라 정신이 없어 어머니가 하는 일을 전혀 모르고 있었기 때문에 어머니는 아무런 방해를 받지 않고 일을 할 수 있었다. 일이 끝나자 어머니는 권위가 담긴 목소리로 아들에게 말했다.

"걸근걸근 먹어대는 짓은 이제 그만두고, 너에게 약속된 멋진 일들을 들어보거라!" 그러더니 카라티스는 양피지를 읽어나가기 시작했다.

"바텍, 내가 사랑하는 자여, 그대는 내 기대를 넘어서는 일을 해주었다. 내 콧구멍은 그대의 미라, 그대의 뿔뿐만 아니라 장작더미 위에 바쳐진 생명들의 냄새까지 한껏 즐겼구나. 보름달이 뜨면 그대의 악사들, 그대의 드러머들에게 음악을 연주하게 하라. 그대는 웅장한 행렬을 이루어 성을 떠나라. 그대의 가장 충실한 노예들, 그대가 가장 사랑하는 부인들, 그대의 가장 훌륭한 자식들, 그대의 재산을 잔뜩 실은 낙타들과 함께 이스타카르*를 향해 떠나라. 나는 그곳에서 그대가 오기를 기다리겠다. 그곳은 경이의 땅이니 그곳에서 그대는 지안 벤 지안의 왕관, 솔리만의 부적†, 아담 이전의 술탄들‡의 보물을 얻게 될 것이다. 그곳에서 그대는 온갖 기쁨으로 위로를 받게 될 것이다. 그러나 가는 길에 어떤 거처에도 들리지 않도록 조심하라. 만일 이 말을 어기면, 나의 진노를 맛보게 해주겠다."

칼리프는 늘 호사스러운 생활을 해온 사람이었음에도, 그렇게 만족스럽게 식사를 해보기는 처음이었다. 그는 이 좋은 소식에 기쁨을 마음껏 분출한 뒤 다시 마시기 시작했다. 카라티스는 술에 대한 반감을 떨쳐버리고, 칼리프가 얄궂게도 무함마드의 건강을 위해 술을 가득 따라 마실 때마다 함께 잔을 비웠다.

이 지옥의 액체는 그들의 불경한 만용을 절정에 이르게

---

* 고대 페르시아의 수도.
† 이것만 있으면 악마를 비롯한 모든 피조물들을 마음대로 부릴 수 있다고 한다.
‡ 술탄은 군주를 가리키는 말이며 아담 이전 72명의 술탄들은 각기 다른 이성적 존재들을 다스렸다고 한다.

하여, 그들의 입은 온갖 신성모독적인 말을 쏟아내기 시작했다. 그들은 발람의 나귀, 잠자는 일곱 사람의 개* 그리고 무함마드의 천국에 들어간 다른 동물들을 주워섬기는 등 마음껏 상상력을 발휘했다. 그들은 이런 활기찬 분위기에서 망루와 총안을 통해 광장에 모인 사람들의 근심에 찬 얼굴들을 내다보고 재미있어하기도 하면서 천오백 계단을 내려와, 마침내 지하 통로를 이용하여 왕의 숙소에 이르렀다. 바바발루크는 어깨에 힘을 주고 왔다 갔다 하면서 환관들에게 거만하게 명령을 내리고 있었다. 환관들은 초의 심지를 자르기도 하고, 시르카시아 여인들의 눈에 칠을 해주기도 했다. 바바발루크는 칼리프와 그의 어머니를 보자마자 소리쳤다.

"하! 불길을 피하셨군요. 하지만 저는 혹시나 했습니다."

"그대가 생각한 것이나 생각하는 것이 우리에게 무슨 의미가 있으랴." 카라티스가 소리쳤다. "서둘러 모라카나바드에게 가서 우리가 당장 보잔다고 전하라. 가는 길에 발을 멈추고 그 재미없는 생각을 하는 일이 없도록 하라."

모라카나바드는 지체 없이 호출에 응했다. 바텍과 그의

---

* 박해를 피하려 동굴에 은신한 기독교도 청년 일곱 명을 지켜준 개.

어머니는 아주 엄숙한 표정으로 그를 맞이하였다. 그들은 차분하면서도 동정심을 드러내는 태도로 모라카나바드에게 탑 꼭대기의 불은 껐으나, 그 과정에서 그들을 도우려던 용감한 사람들의 목숨이 희생되었다고 말했다.

"또 불행한 일이 생겼군요!" 모라카나바드는 큰 소리로 말하고는 한숨을 쉬더니 말을 이었다. "아, 신자의 사령관*이여, 우리의 거룩한 예언자께서 우리에게 화가 나신 것이 틀림없습니다! 그분을 달래셔야 할 겁니다."

"그분은 차차 달랠 것이오!" 칼리프는 웃음을 지으며 대답을 했는데, 이것은 결코 좋은 징조가 아니었다. "그대는 내가 없는 동안 충분한 시간을 갖고 하고 싶은 기도를 할 수 있을 것이오. 이 나라는 나의 건강을 망치고 있기 때문에 나는 잠시 떠나려 하오. 나는 네 개의 샘이 있는 산에 질려, 로크나바드의 냇물을 마셔보기로 했소. 물이 가득한 아름다운 골짜기에서 기분을 새롭게 하고 싶은 마음이 간절하오. 그대는 내 어머니의 조언에 따라 내 나라를 다스리고, 어머니의 실험에 필요한 것은 무엇이든 공급하도록 하시오. 그대도 잘 알고 있다시피, 우리 탑에는 학문의 발전에 필요한 물

---

* 군 통수권자로서 칼리프를 칭하는 이슬람 용어.

자들이 풍부하잖소."

그러나 탑은 모라카나바드의 입맛에 맞지 않았다. 그 탑을 짓는 데는 엄청난 비용이 들어갔으나 검은 여인·벙어리·혐오스러운 약품 외에는 그곳으로 들어가는 것을 본 적이 없었다. 또한 카멜레온처럼 온갖 색깔로 자유자재로 변신하는 카라티스를 어떻게 상대해야 할지 잘 알 수가 없었다. 이 가엾은 이슬람교도는 그녀의 저주스러운 웅변 때문에 몇 번씩이나 궁지에 몰리곤 했다.

그러나 모라카나바드는 그녀에게 좋은 자질이 없다 하지만, 그래도 그녀의 아들에 비하면 나은 편이라고 생각했다. 따라서 양자택일을 하라면 그녀를 택하게 될 터였다. 모라카나바드는 그런 생각으로 스스로를 위로하고 조금 나아진 기분으로 백성을 달래고, 주군의 여행을 준비하러 나갔다.

바텍은 지하 궁의 영들을 달래기 위해 특별히 화려한 모습으로 길을 나서겠다고 결심했다. 그리고 이를 위해 사방에서 백성의 재산을 징발했다. 그의 훌륭한 어머니는 후궁을 찾아다니며 보석을 긁어왔다. 그녀는 사마라와 다른 도시들, 심지어 300킬로미터나 떨어진 도시에서도 바느질을 하고 수를 놓는 여자들을 모아들였다. 이렇게 해서 일반인을 위한 천막과 가마, 그리고 군주의 행렬을 위한 특별한 소파·차일·가마가 준비되었다. 그 결과 마술리파탄에는 사라사 무명이 한 조각도 남지 않았다. 그리고 바바발루크를 비롯한 다른 흑인 환관들에게 옷을 해 입히기 위해 모슬린을 잔뜩 거두어들였기 때문에 바빌로니아의 이라크 전역에 모슬린이 한 자도 남지 않았다.

결코 큰 목적을 놓치는 법이 없는 카라티스는 이런 준비를 하는 와중에도 어둠의 영들의 비위를 맞추기 위해 도시에서 가장 어여쁘고 날씬한 여인들을 가려 뽑았다. 그녀는 그들을 모아 즐겁게 놀게 해놓고, 그들 가운데 독사들을 풀고 탁자 밑에서 전갈이 든 단지를 깼다.

독사와 전갈은 여자들을 빠짐없이 물었다. 카라티스는 여자들이 죽게 내버려두었지만, 이따금씩 남는 시간을 보내기 위해 그녀 자신이 만든 뛰어난 진통제로 상처를 치료해주는 일을 즐기기도 했다. 이 선한 왕모는 잠시라도 게으름을 피우는 것을 몹시 싫어했기 때문이다.

결코 어머니처럼 활동적이지 않았던 바텍은 감각을 충족시킬 목적으로 세워진 몇 개의 별궁에서 궁의 건립 목적에 어울리는 일을 하는 데에만 시간을 썼다. 이제는 디반이나 모스크와 같은 메스꺼운 일에는 관여하지 않았다. 사마라 백성의 반은 그의 본을 따랐고 나머지 반은 부패가 만연하는 것을 탄식했다.

이 와중에 신앙이 깊던 시절 메카에 보낸 사절단이 돌아왔다. 가장 존경받는 물라*들로 이루어진 이 사절단은 그들의 임무를 완수하고 거룩한 카하바†를 쓰는 데 사용하던 귀한 마당비를 하나 가져왔다. 진정 지상에서 가장 위대한 권세가라도 흡족해할 만한 선물이었다.

칼리프는 그 순간에 한 숙소에서 사절단을 맞아들이는 데 전혀 어울리지 않은 일에 몰두하고 있었다. 칼리프는 문과 문 앞에 드리워진 태피스트리 사이에서 바바발루크의 목소리를 들었다.

"저명한 에드리스 알 샤페이와 거룩한 알 무하테딘께서 와 계십니다. 두 분은 메카에서 마당비를 가지고 오셔서, 기쁨의 눈물을 흘리며 그것을 직접 전달하겠다고 말씀하십니다."

"그것을 이리 가져오라 해라. 어디 쓸 데가 있겠지." 바텍이 대답했다.

"어찌!" 바바발루크가 놀라서 약간 높아진 목소리로 외쳤다.

"시킨 대로 하라." 칼리프가 말했다. "그것이 주권자의 뜻이니라. 당장 가라, 사라져라! 나는 여기에서 그대에게 그렇

---

* 이슬람 율법학자들에 대한 경칭.
† 메카 성전의 핵심을 이루는 정사각형 석조건물.

게 큰 기쁨을 준 선한 사람들을 맞아들이겠다."

　환관은 중얼중얼거리며 물러나 위엄 있는 사절단에게 가서 자신을 따라오라고 했다. 바바발루크의 말이 끝나자 존경받는 노인들 사이에 거룩한 환희가 퍼져나갔다. 그들은 오랜 여행에 지쳤음에도 기적이 일어난 듯 민첩한 모습으로 바바발루크를 따라갔다. 그들은 주랑 현관을 지나가며, 칼리프가 그들을 보통 사절들과는 달리 알현실에서 맞이하지 않는 것에 무척 고무되었다. 그들은 곧 후궁 내부에 이르렀다(페르시아 천으로 만든 커튼들 사이로 번개처럼 번쩍였다 사라지는 크고 부드러운 눈들, 검고 푸른 눈들이 보였다). 사절단 행렬은 존경심과 경이감을 품고, 하늘이 내린 사명감에 가슴이 부풀어 짧은 복도들을 계속 걸었다. 가도 가도 끝이 없는 것처럼 보였으나, 결국 작은 방이 나왔고 칼리프는 그곳에서 그들이 오기를 기다리고 있었다.

　"무슨 일인가! 신자의 사령관께서 아프신가?" 에드리스 알 샤페이가 낮은 목소리로 동료에게 물었다.

　"기도실에 계신 것이겠지." 알 무하테딘이 대꾸했다.

　그들의 대화를 들은 바텍이 소리쳤다.

　"내가 무슨 일을 하든 그것이 그대들에게 무엇이 중요하단 말인가? 어서 가까이 오시오."

　그들이 다가가자 칼리프는 모습은 드러내지 않고 문 앞에 걸려 있는 태피스트리 뒤에서 손을 쑥 내밀더니 빗자루를 달라고 했다. 복도의 공간이 허용하는 한 최대로 엎드린 자세로, 거기에 대충 반원의 형태까지 만들며 동료들과 함께 늘어서 있던 존경받는 알 샤페이가 수를 놓고 향수를 뿌린 보자기를 꺼냈다. 천하고 세속적인 눈길로부터 마당비를 보호하려고 보자기에 싸놓았던 것이다. 동료들 사이에 있던 알 샤페이는 자리에서 일어나 무시무시하다는 느낌이 들 만큼 엄숙한 태도로 기도실이라 여겨지는 곳으로 나아갔다. 그러나 알 샤페이는 엄청난 경악, 엄청난 공포에 사로잡혔다. 바텍은 악당처럼 웃음을 터뜨리더니 알 샤페이의 떨리는 손에서 비를 낚아채 근엄한 표정으로 천장에 늘어진 거미줄이 하나도 남지 않을 때까지 쓸어냈던 것이다. 밖에 있던 노인들은 놀라서 땅에서 턱수염을 들어 올릴 수가 없었다. 바텍이 부주의하게도 그들 사이의 태피스트리를 반쯤 걷힌 채로 놓아두는 바람에, 그들은 모든 것을 보아버렸던 것이다. 노인들의 눈물이 대리석에 이슬처럼 맺혔다. 알 무하테딘은 굴욕과 피로 때문에 그 자리에 쓰러졌다. 그러나 칼리프는 의자 등받이로 몸을 벌렁 젖히며 무자비하게 소리를 지르고 손뼉을 쳤다. 마침내 칼리프가 바바발루크에게 말했다.

"내 사랑하는 흑인이여, 가서 이 경건하고 가엾은 영혼들에게 시라즈에서 나온 좋은 와인을 대접하라.* 이들은 다른 누구보다도 내 궁의 많은 곳을 보았다고 자랑할 수 있는 분들 아니냐."

말을 마친 칼리프는 빗자루를 그들의 얼굴에 던진 뒤, 카라티스에게 그 이야기를 전하고 함께 더 웃으려고 자리를 떴다. 바바발루크는 사절들을 위로하려고 무진 애를 썼다. 그러나 가장 몸이 허약했던 두 사람은 그 자리에서 죽고 말았다. 나머지는 침대로 모셔졌으나, 비통과 수치로 마음이 상해 다시는 일어나지 못했다.

다음 날 밤 바텍은 여행 준비가 다 되었는지 보기 위해 어머니와 함께 탑으로 올라갔다. 그는 별의 힘을 굳게 믿었기 때문이다. 행성들은 가장 좋은 성위(星位)에 자리 잡고 있었다. 칼리프는 그 기분 좋은 광경을 즐기며 지붕 위에서 맛있게 저녁을 먹었다. 식사를 하는 도중에 하늘에서 커다란 웃음소리가 울려퍼지는 것 같아 자신감이 가슴 뿌듯하게 차올랐다.

궁 안은 어수선했다. 밤새도록 불이 밝혀지고, 일을 하는 소리, 장인들이 마무리를 하는 소리, 여인들이 수를 놓으며

---

* 시라즈는 와인산지로 유명한 곳인데 이슬람 교리에서는 술을 엄격히 금지하고 있다.

노래하는 소리와 그들의 보호자들이 떠드는 소리가 들렸다. 모두가 힘을 합하여 자연의 고요를 방해하고 있었으며, 솔리만의 왕좌에 올라앉을 것이라고 상상하며 의기양양한 바텍에게는 이 모든 것이 무한한 기쁨을 안겨주었다. 백성 역시 칼리프만큼이나 마음이 들떠, 모두들 사치스러운 주군의 어디로 튈지 모르는 변덕으로부터 구원을 얻는 순간을 앞당기기 위해 힘을 합했다.

환희에 차 제정신이 아닌 군주가 떠나기 전날 카라티스는 신비한 양피지에 적힌 내용을 다시 일러주었다. 카라티스는 이미 그 내용을 완전히 외우고 있었다. 그녀는 칼리프에게 가는 길에 남의 집에 들어가지 말라고 하면서 이렇게 덧붙였다.

"너 자신도 네가 좋은 음식과 젊은 처녀들을 몹시 탐한다는 것을 잘 알지 않느냐. 이번에는 세상에서 최고인 네 요리사들로 만족하도록 해라. 그리고 너와 함께 이동하는 후궁에는 바바발루크가 아직 베일도 벗기지 않은 어여쁜 얼굴이 적어도 서른은 있다는 것을 잊지 말거라. 나도 네 행동을 지켜보고, 지하의 궁에도 가보고 싶은 욕심이 크구나. 그곳에는 틀림없이 우리 같은 사람들의 관심을 끌 만한 것이 모두 갖추어져 있을 게다. 세상에서 동굴에 들어가보는 것처럼 기쁜 일은 없지. 주검들 그리고 미라 같은 것들을 즐기는 내

취향은 이미 다 알려진 일. 자신하거니와, 너는 그런 것들 가운데도 가장 좋은 것을 보게 될 것이다. 따라서 네가 광물의 왕국과 땅의 중심에 이르는 길로 통하는 부적을 손에 넣는 순간, 나를 잊지 말고 반드시 믿을 만한 악령을 보내 나를 데려가도록 해라. 그때 나는 내 창고에 있는 것도 가져갈 터인즉, 내가 꼬집어서 죽음에 이르게 한 뱀들의 기름은 그런 맛있는 음식에 입맛을 다실 수밖에 없는 지아우르에게는 좋은 선물이 될 것이 틀림없다."

카라티스가 이런 교훈적인 이야기를 마치자마자 해가 네 개의 샘이 있는 산 뒤로 지고 달이 그 자리를 대신했다. 그 득하게 찬 달은 어서 출발하고 싶어 안달인 여인들, 환관들, 시종들의 눈에 그날 밤따라 유난히 아름답고 밝아보였다. 도시에는 기쁨의 외침이 메아리쳤고, 나팔 소리가 울려퍼졌다. 천막들 위로 까닥이며 은은한 달빛을 반사하는 깃털 장식들 외에는 아무것도 보이지 않았다. 널찍한 광장은 동방의 가장 화려한 튤립들이 점점이 박혀 있는 거대한 화단을 닮은 모습이었다.

칼리프는 가장 중요한 의식에서만 입는 가운을 차려입고 대신과 바바발루크의 부축을 받으며 그의 백성이 지켜보는 가운데 탑의 커다란 층계를 내려왔다. 칼리프는 이따금씩 발을 멈출 수밖에 없었다. 어디를 보나 마음에 쏙 드는 훌륭한 광경에 감탄이 절로 나왔기 때문이다. 온 무리가, 심지어 등에 커다란 짐을 진 낙타까지 그의 앞에 무릎을 꿇고 있었다. 한동안 정적이 흘렀다. 그러나 얼마 후 뒤쪽에서 환관들의 날카로운 비명이 적막을 찢었다. 이 빈틈없는 감시인들은 여인들의 가마 몇 개가 약간 비스듬하게 흔들리는 것을 보고, 대담한 남자들이 교묘하게 가마 안으로 숨어들어갔음을 알아챘다. 환관들은 곧 황홀해서 어쩔 줄 모르는 범인들을 끄집어내어 천거의 말과 함께 후궁의 의사들의 손에 넘겼다. 그러나 여행을 떠날 사람들의 장엄한 모습과 위풍당당한 기세 때문에 이 정도 사건은 언제 일어났냐는 듯이 묻혀버렸다. 바텍은 우상을 숭배하는 듯한 태도로 달을 향해 인사를 했는데, 이것은 모라카나바드나 율법학자들의 마음에 들지 않았을 뿐 아니라, 주군의 마지막 모습을 보려고 모여 있던 조정의 대신이나 고관들의 마음에도 들지 않았다.

마침내 탑 꼭대기에서 클라리온과 트럼펫들이 출발 준비를 알렸다. 악기들은 서로 조화를 이루었으나, 이 소리들 사이에 독특한 불협화음이 섞여 있었다. 그것은 지아우르에게 바치는 무시무시한 기도문을 노래하는 카라티스의 목소리였는데, 여기에 검은 여인들과 벙어리들이 한마디도 말을 하지 않으면서 완벽한 저음으로 화답해주었다. 선한 이슬람 교도들은 악을 예고하는 밤벌레들의 음울한 울음소리가 들린 것이라 생각하고, 바텍에게 거룩한 몸을 위험에 내맡기지 말라고 신신당부했다.

신호가 들리자, 왕국의 커다란 기가 드러났다. 기를 둘러싼 2천 개의 창이 번쩍였다. 칼리프는 발 앞에 펼쳐진 황금천 위를 당당하게 걸어 신민의 커다란 환호 속에 가마에 올라탔다.

원정대는 완전한 정적 속에서 질서정연하게 출발했다. 카툴 평원 덤불의 메뚜기들 소리까지 들릴 정도였다. 원정대는 쾌활하고 즐거운 분위기에서 행군을 했기 때문에 동트기 전에 길을 30킬로미터나 줄일 수 있었다. 하늘에서 아직도 샛별이 반짝이고 있을 때, 이 거대한 행렬은 티그리스 강둑에서 발을 멈추고 진을 친 뒤 그날을 쉬었다.

다음 사흘 동안 똑같은 식의 행군이 이어졌다. 그러나 네 번째 날에는 하늘이 성난 표정으로 바뀌었다. 번개가 자주 번쩍이고, 천둥이 잇따라 메아리를 쳤다. 키르카시아 여인들은 벌벌 떨며 못생긴 환관들에게 꼭 달라붙었다. 커다란 도시 굴치사르의 총독이 칼리프를 영접하러 나와 그 지방에서 나는 온갖 종류의 음식을 내놓았기 때문에, 칼리프는 굴치사르에서 몸을 쉬고 싶었다. 그러나 서판들을 살펴본 뒤, 그가 가장 좋아하는 여인들이 끈덕지게 졸랐음에도 뼛속까지 스며드는 듯한 비를 그대로 맞았다. 감각의 궁들이 그리워지기 시작했지만, 그럼에도 자신이 할 일이 무엇인지 잊지 않았다. 부푼 기대 때문에 결의는 더욱 굳어졌다. 칼리프는 지리학자들을 불렀다. 그러나 날씨가 너무 나빴기 때문에 이 가엾은 사람들은 애처로운 몰골로 나타났다. 게다가 다른 나라 땅을 그린 그들의 지도는 비에 젖어 그들보다 더 처참한 상태였다. 어쨌든 하룬 알 라시드의 시대 이후 장거리 여행이라곤 해본 적이 없기 때문에 어디서 방향을 틀어야 할지 아는 사람이 없었다. 바텍 역시 하늘의 길들은 꿰고 있었으나, 지상에서 그의 위치는 잘 알지 못했다. 그는 천둥보다 더 큰 소리를 질렀다. 이어 교수대의 밧줄에 대해 몇 번 암시를 주었는데, 그것은 물론 학자들의 귀에는 전혀 달갑게 들리지 않았다. 칼리프는 힘들고 지겨운 여행에 신물이 나서 한 농부의 안내에 따라 험준한 산들을 가로지르기로 결심했다. 농부는 나흘 만에 그를 로크나바드에 데려다 주겠다고 장담했다. 신하들의 간언은 아무런 소용이 없었다. 그의 결심은 확고했다.

여인과 환관들은 발아래 절벽을 보고, 또 깊고 넓은 골짜기에 펼쳐지는 황량한 풍경을 보고 소리 높여 흐느꼈다. 그들이 가장 가파른 바위를 오르기 전에 밤이 찾아왔고, 그와 더불어 거센 태풍이 불기 시작했다. 태풍은 가마의 차양을 찢어발겨 안에 있던 가엾은 여인들은 얼얼한 바람을 맨몸으로 맞을 수밖에 없었다. 여인들은 생전 이렇게 살을 에는 듯한 추위는 만나본 적이 없었다. 하늘의 얼굴에 드리운 먹구름들 때문에 이 참담한 밤이 더 무시무시하게 느껴졌다. 게다가 시종들의 가냘픈 울음소리와 후궁들의 탄식 소리 외에는 어떤 소리도 또렷하게 들리지 않았다.

이것으로도 부족했는지 멀리서 산짐승들의 무시무시한 포효가 울려 퍼졌다. 그들이 스쳐가는 숲에서도 짐승들의 존재가 느껴졌다. 번쩍거리는 눈은 악마나 호랑이의 것일 수밖에 없었다. 선발대는 최선을 다해 길을 찾아나갔지만, 그 가운데 일부는 위험을 전혀 모른 상태에서 짐승의 밥이 되고 말았다. 혼란은 극에 달했다. 이리, 호랑이를 비롯한 맹수들이 동료들의 울음소리에 이끌려 사방에서 모여들었다. 곳곳에서 뼈들이 부딪히는 소리가 들리고, 머리 위에서는 무시무시하게 날개가 퍼덕이는 소리도 들렸다. 독수리들도 질세라 끼어들기 시작했기 때문이다.

마침내 공포는 현장에서 10킬로미터 떨어진 곳에서 군주와 그의 하렘을 에워싸고 있는 주력 부대에까지 이르렀다. 바텍은 깊이 잠이 들어(비단 쿠션들 위의 널찍한 가마에 음탕하게 누워 있었고, 그 옆에서 프란기스탄의 에나멜보다 얼굴이 하얀 어린 시종 둘이 열심히 파리를 쫓고 있었다), 꿈속에서 솔리만의 보물을 감상하고 있었다. 그는 부인들의 날카로운 비명에 깜짝 놀라며 잠을 깼다. 눈앞에는 황금의 열쇠를 든 지아우르가 아니라, 대경실색한 모습의 바바발루크가 서 있었다.

"전하." 세상에서 가장 강한 군주의 충실한 하인이 소리를 질렀다. "불행이 그 절정에 이르러 전하의 몸을 죽은 나귀와 다름없이 여기는 들짐승들이 전하의 낙타와 그 몰이꾼들을 습격했습니다. 값진 물건을 잔뜩 실은 낙타 서른 마리에, 전하의 과자를 굽는 자와 음식을 만드는 자와 식량을 조달하는 자까지 이미 그들의 먹이가 되었습니다. 거룩한 예언자께서 우리를 지켜주시지 않으면, 우리 모두 다시는 식탁에 앉을 수 없는 몸이 될 것입니다."

식탁 이야기가 나오자 칼리프는 인내심을 완전히 잃어버렸다. 칼리프는 으르렁거리기 시작하더니, 심지어 자기 몸을 때리기까지 했다(어둠 속이라 아무것도 보이지 않았기 때문이다). 소문은 시시각각 부풀어올랐다. 바바발루크는 주군과 이야기해서 좋은 결과가 나올 수 없다 생각하여 하렘의 소란을 듣지 않으려 두 귀를 막고 크게 소리쳤다.

"자, 여인들이여, 그리고 형제들이여! 모두 손을 움직여 빨리 불을 밝혀라! 신자의 사령관이 이 이교도 짐승들의 배를 불리는 일을 했다는 말이 나오지 않게 하라!"

이 미인들의 무리에는 변덕스럽고 고집스러운 여자들이 결코 적지 않았으나, 이번만큼은 모두 말을 잘 들었다. 눈

깜빡할 사이에 그들의 모든 가마에 불이 밝혀졌다. 만 개의 횃불이 동시에 밝혀진 것이다. 칼리프 자신도 밀랍으로 만든 커다란 횃불을 들고 있었다. 모두 그의 본을 따랐다. 기름에 담가 장대에 묶은 밧줄 끝에 불을 붙이자 놀라울 정도로 밝은 불길이 번졌다. 바위들은 햇빛과 같은 광채를 반사하며 반짝거렸다. 불꽃이 바람에 날려 무성한 마른 고사리에 떨어졌다. 뱀들이 놀라서 쉿쉿 소리를 내며 굴에서 기어 나오는 것이 보였다. 말들은 콧김을 뿜으며 발을 구르고 앞발을 공중에 들어 올리면서 미친 듯이 사방으로 날뛰었다.

그들이 가는 길을 따라 늘어서 있던 삼목숲 한 곳에 불이 붙었다. 길 위로 드리운 가지들은 여인들의 가마를 덮고 있던 모슬린과 사라사 무명에 불길을 전해주었고, 여인들은 목숨을 건지기 위해 가마에서 뛰어나오지 않을 수 없었다. 씩씩거리며 불경한 욕을 수도 없이 내뱉던 바텍도 그 거룩한 발로 맨땅을 디딜 수밖에 없었다. 이런 일은 이제까지 일어난 적이 없었다. 좌절, 수치, 낙심에 가득 찬 여인들은 걷는 방법을 몰라 땅에 쓰러졌다.

"내가 발로 걸어야한단 말인가!" 한 여인이 말했다. "내가 발을 적셔야한단 말인가!" 다른 여인이 소리쳤다. "내가 내 옷을 더럽혀야한단 말인가!" 또 다른 여인이 외쳤다. "가증스러운 바바발루크!" 모두가 입을 모아 소리쳤다. "지옥에서 쫓겨온 자 같으니! 당신이 횃불에 대해 무엇을 안단 말인가! 이렇게 되느니 차라리 호랑이 밥이 되는 것이 나았겠다! 우리는 영원히 씻지 못할 수모를 당했구나! 저 무리의 짐꾼과 낙타몰이꾼 가운데 우리 몸의 일부를 보지 못한 자가 없구나. 더욱 참담한 것은 바로 우리 얼굴까지 보았다는 것이다!"

이 말이 끝나기가 무섭게, 가장 부끄럼을 많이 타는 여인들은 땅에 이마를 감추었다. 대담한 여인들은 바바발루크에게 달려갔다. 그러나 여인들의 분위기를 잘 알고 있는데다가 영리함에서는 둘째라면 서러울 바바발루크는 동료들과 함께 얼른 달아났다. 그들은 모두 횃불을 버리고 북을 두드리기 시작했다.

밤이었지만 한여름의 가장 화창한 날 못지않게 밝았다. 온도 역시 못지않게 높았다. 칼리프의 몸이 보통 사람의 몸처럼 흙으로 더럽혀진 광경을 보는 것은 얼마나 곤혹스러웠을까! 그의 신체 기능이 모두 정지된 것 같았기 때문에, 에티오피아인 부인(칼리프는 다양함을 즐겼다) 가운데 하나가 그를 품에 끌어안았다. 불이 그들을 에워싸자 그녀는 칼리프를 대추야자 자루처럼 어깨에 둘러메고 걷기 시작했다. 칼리프의 몸무게를 생각할 때 이것은 결코 쉬운 일이 아니었다. 막발을 사용하는 법을 배운 다른 여인들도 그녀 뒤를 따랐다.

그들의 수호자들이 뒤따라 달려왔다. 낙타몰이꾼들이 맨 뒤에서 최대한 짐승들을 몰아붙이며 따라왔다.

그들은 곧 들짐승들이 살육을 시작한 지점에 이르렀다. 들짐승들도 분별력이 있고 호사스러운 식사까지 마쳤기 때문에, 소란스러운 무리가 다가오자 자리를 떴다. 그러나 배가 불룩한 짐승 몇 마리는 꼼짝도 하지 못했는데, 바바발루크는 그들을 붙잡아 놀랄 만큼 멋진 솜씨로 가죽을 벗기기 시작했다. 점차 불길로부터 멀어져 열기가 부담스럽기보다는 고맙게 느껴지기 시작하자 행렬은 즉시 발을 멈추었다. 그들은 넝마가 된 사라사 무명을 주웠다. 이리와 호랑이가 먹다 남긴 유해는 파묻었다. 너무 배가 불러 날지 못하는 수십 마리의 독수리들에게는 복수를 했다. 괴롭힘을 당하지 않아 마음껏 오줌을 갈긴 낙타들의 숫자를 헤아렸다. 여인들은 다시 가마 안에 가두었다. 그리고 그들이 찾을 수 있는 가장 평평한 땅에 왕의 천막을 쳤다.

바텍은 새의 솜털을 넣은 매트리스 위에 누워 있었다. 이제 에티오피아 여인의 몸 위에서 흔들린 충격에서 어느 정도 회복이 되었다. 그의 느낌에 그녀는 자신이 이제까지 타본 말 가운데 가장 험하게 걷는 말처럼 느껴졌다. 바텍은 먹을 것을 가져오라고 소리쳤다. 그러나 안타깝게도 왕의 입을 위해 준비한 것들, 은으로 만든 오븐에서 구운 그 맛있는

케이크, 그 기름진 빵, 호박색 사탕과자, 시라츠 포도주 병, 눈을 담은 도자기, 티그리스 강변의 포도가 모두 도저히 먹을 수 없는 상태였다! 바바발루크에게는 주군에게 줄 것이 구운 이리, 독수리 스튜, 냄새만 향기롭지 맛은 쓰디쓴 풀, 썩은 버섯, 삶은 엉겅퀴, 그밖에 목에 궤양을 일으키고 혀를 바싹 마르게 할 야생 식물들밖에 없었다. 마실 것이라고 더 나을 것도 없었다. 이 요리와 함께 내갈 것이라고는 부엌 하인이 슬리퍼 안에 감추어두었던, 역겨운 브랜디가 든 작은 병 몇 개밖에 없었기 때문이다. 바텍은 이 야만적인 식사에 얼굴을 찌푸렸고, 바바발루크는 그때마다 어깨를 으쓱하고 몸을 뒤틀 수밖에 없었다. 그래도 칼리프는 상당한 식욕을 보이며 식사를 마쳤고, 그런 뒤에는 낮잠을 잤다. 낮잠은 여섯 시간 동안 계속되었다.

바텍 주위에 장막들을 여미어 놓았음에도 하얀 절벽들에 반사되는 햇빛이 마침내 그의 잠을 방해하기 시작했다. 그는 공포에 사로잡혀 눈을 떴다. 그는 날개에서 숨 막힐 듯한 악취를 뿜어내는 쑥빛의 날벌레들에게 속살을 물렸다. 뭔가 방법을 찾기 위해 머리는 빠르게 움직였지만 도대체 답이 나오지 않아 가엾은 군주는 어쩔 줄을 모르고 있었다. 바바발루크는 그의 코에 문안을 드리려고 바쁘게 몰려다니는 벌레들 사이에서 코를 골며 누워 있었다. 굶주림에 지친 어린 시종들은 바닥에 부채를 떨군 채, 죽어가는 목소리로 칼리프를 신랄하게 비난했다. 칼리프는 처음으로 솔직한 말을 듣게 되었다. 그런 자극을 받자 칼리프는 새삼 지아우르를 저주하고, 무함마드에 대해서는 그의 마음에 들고자 하는 표현을 쓰기 시작했다.

"나는 어디에 있는가?" 그는 소리쳤다. "이 무시무시한 바위들은 무엇인가? 이 어둠의 골짜기들! 우리가 끔찍한 카프*에 도착한 것인가? 내가 이 불경한 일을 벌인 데 대한 벌로 시무르그†가 내 눈알을 뽑으러 올 것인가!"

칼리프는 말을 마치자 천막 옆면의 출구로 몸을 돌렸다. 그의 시야에 들어온 것은 무엇이었을까? 한쪽은 가없는 검은 모래벌판이었고 다른 쪽은 수직으로 치솟은 험한 바위들이었다. 그의 혀를 심하게 찢어 놓은 혐오스러운 엉겅퀴들이 바위들을 덮고 있었다. 칼리프는 언뜻 가시가 있는 덤불 사이에서 거대한 꽃들을 본 듯했으나 그것은 착각이었다. 그곳에 걸려 있는 것은 그의 화려한 수행원들의 이불과 넝마가 된 얼룩덜룩한 옷들이었다. 바위에는 물이 흐를 만한 갈라진 틈이 몇 개 있어, 바텍은 바위 밑을 흐르는 격류 소

---

* 땅을 둘러싼 산.
† 전설의 새.

리가 들릴까하여 귀를 기울여보았다. 그러나 들리는 것은 그의 백성이 힘든 여행과 물 없는 괴로움을 불평하는 소리 뿐이었다.

"도대체 왜 우리는 여기에 왔던가? 우리의 칼리프는 탑을 하나 더 세우려는가? 아니면 카라티스가 그렇게 좋아하는 그 무자비한 아프리트*들이 이곳에 처소를 정했는가?"

카라티스의 이름이 나오자 바텍은 어머니에게서 받은 서판들을 떠올렸다. 카라티스는 그 서판들이 불가사의한 힘을 가지고 있다고 하면서, 위기가 닥치면 조언을 얻으라고 말했다. 바텍이 서판을 넘겨보는데 기뻐 외치는 소리와 손뼉을 치는 소리가 들렸다. 곧 그의 천막의 장막들이 걷혔고, 바텍은 바바발루크가 총애하는 신하들과 함께 키가 한 척 정도인 난쟁이 둘을 이끌고 오는 것을 보았다. 난쟁이들은 멜론·오렌지·석류가 담긴 바구니를 들고 왔다. 난쟁이들은 매우 감미로운 목소리로 이런 내용의 노래를 불렀다.

"저희는 이 바위들 꼭대기에 골풀과 등나무로 오두막을 짓고 삽니다. 독수리들도 저희 집을 부러워하지요. 작은 샘은 저희에게 아브데스트†를 위한 물을 주고, 저희는 매일 예

---

* 가장 무섭고 잔인한 악마.
† 기도하기 전에 몸을 씻는 의식.

언자께서 허락하신 기도를 되풀이합니다. 저희는 그대를 사랑합니다, 신자의 사령관이여! 저희 주인이며 선한 에미르* 인 파크레딘도 그대를 사랑합니다. 그는 무함마드의 대리인이신 그대를 공경합니다. 저희는 비록 작지만, 파크레딘은 저희를 신뢰합니다. 그는 저희 몸은 멸시할 만하나 저희 마음은 선하다는 것을 알고 있습니다. 그는 이 황량한 산속에서 곤란을 겪는 사람들을 도우라고 저희를 여기로 보냈습니다. 어젯밤 저희가 방에서 거룩한 코란을 열심히 읽고 있는데, 갑자기 몰아친 돌풍이 불을 꺼뜨리고 저희 거처를 흔들었습니다. 손에 잡힐 듯 묵직한 어둠이 족히 두 시간 동안 사방을 꽉 채우고 있었습니다. 그때 멀리서 소리가 들렸는데, 저희는 카필라†가 바위들 위를 지나가며 내는 종소리인 줄 알았습니다. 그러나 저희 귀는 곧 비통한 비명, 무시무시한 포효, 북소리로 가득 찼습니다. 공포에 질린 저희는 데기알‡이 살육의 천사들과 함께 이 땅에 역병을 쏟아놓은 것이라고 결론을 내렸습니다. 이런 우울한 생각을 하고 있는데 지평선에서 짙디짙은 붉은색 불길들이 솟아오르는 것이 보

---

* 족장.
† 대상(隊商)이라는 뜻이며 이들의 낙타에 작은 종들이 달려있다.
‡ 무함마드 최고의 적대자.

였습니다. 얼마 지나지 않아 저희가 있는 곳까지 쉴 새 없이 불똥이 튀었습니다. 저희는 너무나도 낯선 광경에 놀라 신령한 지혜를 가진 존재가 구술하신 책을 집어들고, 무릎을 꿇은 채 저희를 둘러싼 불빛에 책을 비추어보며 이런 구절을 낭송했습니다. '하늘의 자비 외에 어느 것도 믿지 말라. 거룩한 예언자 외에는 어디에서도 도움을 얻을 수 없다. 카프의 산도 흔들릴 수 있으며, 움직일 수 없는 것은 오직 알라의 힘뿐이다' 이 구절을 낭송하고 나자 저희는 위안을 얻을 수 있었고, 잠잠해진 마음에는 거룩한 안식이 찾아왔습니다. 곧 정적이 찾아왔고, 저희는 허공에서 들려오는 목소리를 분명하게 알아들을 수 있었습니다. '나의 신실한 하인의 하인들아! 파크레딘의 행복한 골짜기로 내려가라. 그의 환대하고자 하는 마음의 갈증을 채울 수 있는 빛나는 기회가 왔다고 그에게 알려라. 오늘 진정한 신자의 사령관이 이 산속에서 곤경에 처해 너희의 도움이 필요하다' 저희는 하늘이 주신 사명을 기쁜 마음으로 받아들였습니다. 경건한 열정이 마음에 가득한 저희 주인은 손수 이 멜론과 오렌지와 석류를 땄습니다. 저희 주인은 그의 샘에서 나오는 맑디맑은 물을 실은 단봉낙타 백 마리와 함께 뒤에서 오고 있습니다. 저희 주인은 사령관의 신성한 가운 자락에 입을 맞추고, 사령관께서 그의 처소로 드시기를 간청할 것입니다. 저

회 주인의 처소는 누추하나마 이 불모의 광야에서는 납 가운데 박힌 에메랄드와 같은 곳입니다."

난쟁이들은 말을 마치고 나서도 두 손을 가슴에 포갠 채 가만히 서서 예의바르게 입을 다물고 있었다.

바텍은 이 장황하고 묘한 말을 듣다 말고 바구니를 움켜쥐었다. 그리고 그들의 말이 끝나기 오래전에 과일들은 그의 입속에서 사라져버렸다. 과일을 먹는 동안 그의 신앙심도 계속 늘어났다. 그래서 과일을 먹는 입으로 동시에 기도문을 암송하며 코란과 후식으로 먹을 설탕을 갖다달라고 했다.

그의 정신이 이러한 상태였을 때, 난쟁이들이 다가오는 것을 보고 옆으로 던져두었던 서판들이 다시 그의 눈길을 끌었다. 그는 그것을 집어들었다. 순간 카라티스가 새겨놓은 크고 붉은 글자들을 보고 서판을 땅에 떨어뜨릴 뻔했다. 그 말은 실로 바텍을 떨게 하기 충분했다.

나이든 학자들과 그들의 키가 한 척밖에 되지 않는 왜소한 사절들을 조심하라. 그들의 경건한 척하는 사기극을 믿지 말라. 그들의 멜론을 먹는 대신, 그것을 가져온 자들을 쇠꼬챙이에 꽂아라. 만에 하나 네가 어리석게도 그들이 있는 곳을 찾아가게 되면, 지하 궁의 문은 네 면전에서 큰 소리와 함께 닫히면서 네 몸을 흔들어 찢어버릴 것이다. 사람들은 네 몸에 침을 뱉을 것이며, 박쥐들이 네 배에 둥지를 틀 것이다.

"이 불길하고 격한 말은 대체 무슨 의미이냐?" 칼리프가 소리쳤다. "그러면 나더러 멜론과 오이가 넘쳐나는 즐거운 골짜기에서 몸에 힘을 얻을 수 있는데도 이 사막에서 갈증으로 죽으라는 것이냐? 흑단의 문 앞에 선 지아우르에게 저주가 있으라! 그는 나에게 자신의 비위를 맞추게 했다. 벌써부터 신물이 나고 있었다. 게다가 누가 감히 나에게 법을 정하는가? 내가 어떤 자의 거처에도 들어가서는 안 된다고! 그렇다 해도 내가 들어갈 수 있는 거처는 이미 내 것이 아니더냐?"

이 독백을 한마디도 빼놓지 않고 귀담아 들은 바바발루크는 온 마음으로 환호했다. 여인들도 처음으로 그의 의견에 동조했다.

칼리프 일행은 난쟁이들을 환대하고 끌어안았으며, 성대한 기념식을 열어주고 공단으로 만든 작은 방석 위에 앉혔다. 두 난쟁이는 서로 대칭을 이루었기 때문에 사람들의 감탄을 자아냈다. 사람들은 그들 몸의 어느 한 구석도 그냥 넘기지 않고 꼼꼼히 살폈다. 칼리프 일행은 그들에게 노리개와 맛있는 것들을 푸짐하게 갖다 바쳤으나, 난쟁이들은 예의를 지키면서도 근엄하게 그 모든 것을 사양했다. 난쟁이들은 칼리프의 의자 옆면을 타고 올라가 바텍의 양쪽 어깨에 앉더니 그의 귀에 기도문을 속삭이기 시작했다. 그들의 혀는 사시나무 잎처럼 떨렸다. 바텍의 인내심이 바닥날 때쯤 그의 일행이 환호하면서 파크레딘이 오고 있음을 알렸다. 파크레딘은 턱수염이 허연 노인 백 명과 함께 왔으며, 코란과 단봉낙타도 같은 숫자로 가져왔다. 그들은 즉시 세정식을 하더니, 이어 비스밀라*를 반복하기 시작했다. 바텍은 이 참견 잘 하는 훈계자들을 빨리 쫓아버리기 위해 그들의 본을 따랐다. 벌써 마음이 조급해지고 있었기 때문이다.

종교적인 면에 매우 꼼꼼하고 또 칭찬에 아주 능한 선한 에미르는 그의 작은 사절들보다 다섯 배는 더 지루하고 재미없는 말을 장황하게 늘어놓았다. 칼리프는 더 참을 수가 없어 소리쳤다.

"무함마드의 사랑으로 말하노니, 친애하는 파크레딘이여, 그만하시오! 어서 그대의 골짜기로 가서 하늘이 그대에게 내린 과일들이나 맛봅시다."

칼리프의 입에서 가자는 말이 나오자 모두 부산하게 움직

---

* '가장 자비로운 신의 이름'이란 뜻으로 기도문의 서두를 여는 어구.

이기 시작했다. 에미르의 덕망 있는 수행원들이 느릿느릿 앞으로 나섰다. 그러나 바텍이 그의 어린 시종들에게 몰래 단봉낙타들을 막대기로 찌르라고 했기 때문에, 여러 가마에서 커다란 웃음이 발작하듯이 터져나왔다. 이 가엾은 짐승들이 볼품없이 펄쩍펄쩍 뛰는 모습과 그로 인해 낙타에 탄 노인들이 우스꽝스러운 표정으로 괴로워하는 모습이 여인들에게는 적잖이 즐거움을 주었기 때문이다.

그러나 노인들은 전혀 다치지 않고 골짜기 밑으로 내려갈 수 있었다. 에미르가 바위를 깎아놓으라고 명령한 편안한 비탈길 덕분이었다. 벌써 냇물이 졸졸거리는 소리와 잎들이 바스락거리는 소리가 사람들의 귀를 자극하기 시작했다. 행렬은 곧 양옆에 꽃나무들이 늘어선 길에 이르렀다. 이 좁은 길은 거대한 야자나무 숲으로 통했으며, 야자나무 가지들은 결이 없는 돌로 지은 커다란 건물 위로 팔을 뻗고 있었다. 이 건물에는 돔이 아홉 개였으며 같은 숫자의 청동 문이 달려 있었는데, 문 위에는 이런 글귀가 새겨져 있었다.

이곳은 순례자들의 피난처요, 나그네들의 쉼터이자
세계 곳곳의 비밀을 모아둔 곳이다.

문마다 이집트 아마포 가운을 깔끔하게 차려입은, 한낮처럼 아름다운 시종들이 서 있었다. 그들은 편안하고 나긋나 긋한 태도로 칼리프 일행을 맞이했다. 가장 상냥한 시종 넷 이 칼리프를 텍트트레반*에 태웠다. 그들보다 약간 덜 우아 한 네 시종이 바바발루크를 맡았는데, 그는 아늑한 작은 오 두막으로 안내되자 기뻐서 팔짝팔짝 뛰었다. 남은 시종들은 나머지 사람들의 시중을 들었다.

남자들이 모두 시야에서 사라지자, 오른쪽에 있는 커다란 건물에 달린 문이 듣기 좋은 경첩 소리와 함께 열렸다. 그 문으로 늘씬한 젊은 여자가 나왔다. 그녀의 연한 갈색 머리 카락이 어스름 녘의 뽀얀 산들바람에 나부꼈다. 젊은 처녀 들이 플레이아데스†처럼 발끝으로 서서 그녀의 시중을 들었 다. 그들은 서둘러 술탄의 후궁들이 있는 천막들로 다가갔 다. 젊은 여인은 우아하게 허리를 굽히고 그들에게 말했다.

"매혹적인 여인들이여, 모든 준비가 되어 있습니다. 여러 분이 쉴 침대를 준비하고, 여러분의 숙소에는 재스민을 뿌 려두었습니다. 잠이 여러분의 눈꺼풀에 찾아드는 것을 어떠 한 벌레도 막지 못할 것입니다. 우리가 수많은 깃털로 벌레 들을 쫓아버릴 것이기 때문입니다. 그러니 상냥한 여인들이

---

* 이동용 왕좌.
† 아틀라스의 일곱 딸.

여, 오셔서 장미 물을 담은 욕조에서 어여쁜 발과 상아 같은 팔다리를 씻으십시오. 향기로운 등불 옆에서 여러분의 하인들이 재미있는 이야기로 여러분을 즐겁게 해드릴 것입니다."

후궁들은 이 친절한 제안을 기쁘게 받아들였다. 그들은 젊은 여인을 따라 에미르의 하렘으로 들어갔다. 여기서 잠시 그들을 떠나 칼리프에게로 돌아가보자.

바텍은 수많은 수정등으로 불을 밝혀놓은 거대한 돔 밑에 와 있었다. 커다란 탁자 위에는 똑같은 재료로 만든 수많은 꽃병이 놓여 있고, 그 안에는 아주 맛 좋은 셔벗이 담겨 있었다. 탁자 위에는 그밖에도 많은 요리가 놓여 있었다. 그 가운데도 눈에 띄는 요리, 그 모든 것 가운데도 칼리프가 몹시 좋아하는 요리는 아몬드 우유로 지은 밥, 사프란 수프, 크림에 구운 어린 양 등이었다. 칼리프는 그 각각을 양껏 먹었다. 그는 곧 기분이 유쾌해졌는데, 이것은 에미르의 우정에 흡족했다는 표시였다. 칼리프는 난쟁이들에게 억지로 춤을 추게 하였다. 이 작은 신자들은 신자의 사령관의 말을 감히 거역하지 못했다. 마침내 칼리프는 소파에 몸을 뻗고 평생 그 어느 때보다 깊은 잠에 빠져들었다.

돔 밑에는 정적이 깔렸다. 적막을 깨뜨리는 것은 바바발루크의 입에서 나는 소리밖에 없었다. 바바발루크는 산속에서 굶은 것을 보상하고 싶은 마음이 간절하여, 옷까지 벗고

편하게 식사를 했다. 그는 기분이 너무 좋아 잠이 오지 않았다. 게다가 게으른 것은 또 못 참았기 때문에, 하렘으로 가서 여인들을 돌보는 일이나 하자고 마음먹었다. 여인들이 메카의 향유를 제대로 발랐는지, 눈썹과 머리카락을 제대로 매만졌는지, 한마디로 그들에게 필요한 소소한 일들을 제대로 수행했는지 확인해보려는 것이었다. 바바발루크는 오랫동안 헤맸지만, 문을 찾을 수가 없었다. 칼리프를 깨울까 두려워 큰 소리로 말을 할 수도 없었다. 궁 안에는 인기척이 전혀 없었다. 바바발루크가 자신의 목적을 이루지 못할 것이라 생각하여 절망에 빠져들려는 순간, 그의 귀에만 들릴 만큼 낮게 소곤거리는 소리가 들렸다. 난쟁이들에게서 나는 소리였다. 그들은 자신들이 원래 하던 일로 돌아가, 그들 평생에 999번째로 코란을 읽고 있었다. 그들은 아주 정중한 태도로 바바발루크에게 함께 읽자고 권했다. 그러나 바바발루크의 머리는 다른 걱정거리들로 가득했다. 난쟁이들은 바바발루크의 방종한 태도에 아연실색하였음에도 그가 원하는 장소까지 데려다주었다. 바바발루크는 그곳으로부터 백 개의 어두운 회랑을 지나가야했다. 그는 더듬거리며 앞으로 나아갔다. 마침내 통로의 끝에 이르자 여자들이 수다를 떠는 매혹적인 소리가 들리기 시작했으며, 그 소리에 그의 마음은 들뜨기 시작했다.

"아하! 왜 여태 자지 않는고?"

바바발루크가 소리쳤다. 그는 성큼성큼 걸으면서 말을 이었다.

"내가 책임을 회피할 줄 알았더냐?"

흑인 환관 둘이 큰 목소리를 듣더니, 손에 사브르를 들고 서둘러 소리가 난 곳을 찾아왔다. 그러나 곧 사방에서 똑같은 말이 들려왔다.

"바바발루크잖아! 누군가 했더니 바바발루크야!"

이 신중한 관리인은 문간에 늘어진 카네이션 빛깔의 얇은 비단 베일 앞까지 다가가 있었기 때문에, 베일 사이로 비치는 부드러운 광채에 힘입어 타원형의 검은 화강반암 욕조를 알아볼 수 있었다. 욕조를 둘러싼, 큼지막한 주름이 잡힌 장막은 꽉 닫아놓지 않았기 때문에 벌어진 틈 사이로 젊은 노예들이 떼를 지어 모여 있는 모습이 보였다. 바바발루크는 그들 가운데 자신이 보호해야 할 여인들을 알아보았다. 그들은 마치 향기로운 물을 끌어안으려는 듯이 넋이 나간 표정으로 두 팔을 활짝 펼치고 피로에 지친 몸을 씻고 있었다. 그 부드럽고 나른한 표정, 은밀하게 속삭이는 소리, 가끔씩 던지는 매혹적인 웃음, 장미의 강렬한 향기. 이 모든 것이 어우러져 관능을 자극했는데, 심지어 바바발루크마저도 저항하기가 어려웠다.

그러나 바바발루크는 평소의 엄숙한 태도를 되찾고, 권위적이고 단호한 태도로 여인들에게 즉각 욕조에서 나오라고 명령했다. 그의 명령이 떨어지자, 영양처럼 활달하고 장난을 좋아하는 에미르의 딸 누로니하르는 노예들 가운데 하나를 불러 천장에 비단끈으로 묶여 있는 커다란 그네를 내리라고 명령했다. 누로니하르는 노예가 그녀의 명령을 따르는 동안 여인들에게 한쪽 눈을 찡긋해 보였다. 여인들은 편안하고 방만한 상태에서 억지로 끌려나오는 것이 섭섭하여 일부러 자기 머리카락을 비틀고 꼬아 바바발루크를 괴롭혔다. 그 바람에 바바발루크는 자리를 뜰 수가 없었는데, 여인들은 갖가지 엉뚱한 짓으로 계속 그를 안달나게 했다. 누로니하르는 그의 인내심이 거의 바닥난 것을 보고 정중한 태도로 짐짓 염려하는 척하며 그에게 다가가 말했다.

"어르신! 우리의 주권자이신 칼리프의 환관장께서 이렇게 계속 서 계시게 하는 것은 도리가 아니지요. 송구스럽지만, 어르신을 받드는 영광을 누리지 못하면 화가 나 터져버릴 것 같은 이 소파 위에 귀한 몸을 뉘시지요."

달콤하게 들리는 말투에 넘어간 바바발루크가 씩씩하게 대꾸했다.

"내 눈동자의 기쁨이여! 그대의 달콤한 입술의 초대를 받아들이겠소. 진실로 말하거니와, 그대의 얼굴에서 뻗어 나오는 광채 때문에 내 감각들이 정신을 차리지 못하는구려."

"그렇다면 편안하게 누우시지요." 미녀가 대꾸했다.

그녀가 바바발루크를 가짜 소파에 눕히자마자, 그네가 번개보다 빠르게 위로 솟구쳐올랐다. 영리하게도 누로니하르의 계획을 간파하고 있던 나머지 여인들이 일제히 벌거벗은 채 욕조에서 나오더니, 사정을 봐주지 않고 그네를 힘껏 떠밀었다. 그네는 아주 높은 돔 꼭대기에서 왕복 운동을 하는 바람에, 가엾은 바바발루크는 숨도 쉴 수가 없었다. 그의 두 발이 수면에 닿았는가 하면, 어느새 천창(天窓)이 그의 코를 누를 듯이 눈앞에 다가와 있었다. 그는 깨진 항아리가 울리는 듯한 목소리로 소리를 질렀으나 그마저 소용없었다. 여인들의 웃음소리가 그의 목소리를 압도했기 때문이다.

젊은 활기가 가득한 누로니하르는 다른 여인들보다 훨씬 더 즐거워하였다. 평소에 평범한 하렘의 환관들만 보다가, 이렇게 역겨운 동시에 흥겨운 장면은 처음 보았기 때문이다. 그녀는 페르시아의 시구들을 흉내 내어 아주 새침하면서도 짜릿한 억양으로 노래하기 시작했다.

"오, 상냥한 흰 비둘기야, 너는 하늘 높이 솟구쳐, 그대의 사랑의 짝에게 착한 눈길을 한번 주는구나. 노래가 고운 나이팅게일아, 나는 너의 장미이니, 나의 마음을 기쁘게 할 시구를 지저귀어주렴!"

여인과 노예들은 이 익살에 자극을 받아 끈질기게 그네에 달라붙어 열심히 밀어댔다. 어느 순간 그네를 묶었던 줄이 갑자기 끊어졌다. 바바발루크는 밑으로 떨어져, 욕조 바닥에서 거북이처럼 버둥거렸다. 이 사고를 보고 모두가 소리를 질렀다. 지금까지 눈에 띄지도 않았던 작은 문 열두 개가 동시에 열렸다. 여인들은 순식간에 탈출해버렸다. 그러나 그 와중에도 수건들을 모두 바바발루크의 머리 위에 쌓아두고, 남아 있던 불은 다 끄고 나갔다.

목까지 물에 잠긴 비참한 몰골의 바바발루크는 어둠에 짓눌린 채 쩔쩔매며 수건들로부터 헤어나오지 못했다. 그럼에도 그의 곤경을 보고 즐거워하며 계속 새로 터뜨리는 웃음소리를 위안으로 삼을 수밖에 없었다. 바바발루크는 몸부림을 쳤으나 도저히 욕조에서 빠져나갈 수가 없었다. 등들이 깨지면서 흘러나온 기름들로 인해 욕조 가장자리가 미끌미끌해져, 위로 올라가려 할 때마다 돔의 텅 빈 공간에 울려 퍼지는 풍덩 소리와 함께 뒤로 자빠지고 말았다. 그가 제자리로 돌아갈 때마다 그 저주받을 웃음소리는 배로 커졌다. 바바발루크는 그곳에 여자들이 아니라 악마들이 들끓는다 생각하여, 더듬거리는 짓을 그만두고 욕조 안에 그대로 있기로 했다. 그는 독백을 즐거움 삼아 누워 있었는데, 그 독백에는 이따금씩 저주가 섞였다. 그러나 새의 솜털 위에 누위 있는 그의 심술궂은 이웃들은 한마디도 듣지 못했다. 이런 즐겁지 않은 곤경 속에서 갑자기 아침이 다가오는 바람에 바바발루크는 깜짝 놀랐다. 칼리프는 바바발루크가 보이지 않자 궁금해져서 사방에 그를 찾아보게 하였다. 마침내 바바발루크는 뼛속까지 흠뻑 젖고, 아마포 더미 밑에서 거의 질식한 모습으로 끌려나왔다. 그는 추워서 이를 덜거덕거리고 발을 절뚝거리며 주인 앞으로 나아갔다. 칼리프가 어떻게 된 일이냐, 어쩌다가 그렇게 묘하게 절여진 꼴이 되었느냐고 물었다.

"왜 이 저주받은 거처로 들어오신 겁니까?" 바바발루크가 퉁명스럽게 대꾸했다. "전하 같은 군주가 하렘을 거느리고 인생에 대해서 아무것도 모르는, 턱수염이 허연 에미르의 거처를 방문하실 이유가 무엇입니까? 이곳에도 우아한 처녀들이 얼마나 많은데요! 그 처녀들이 저를 불에 탄 빵껍질처럼 물에 담갔다고 생각해보십시오. 뿐만 아니라 그 저주받을 그네 위에서 밤새도록 어릿광대처럼 춤을 추게 만들었습니다. 제가 그동안 과묵과 범절을 주입해온 전하의 후궁들이 그들에게서 얼마나 좋은 것을 배웠겠습니까!"

바텍은 이 독설 가운데 한마디도 제대로 이해하지 못하겠다고 하면서, 있었던 일을 자세하게 이야기해보라고 명령했다. 이야기를 다 듣고 난 칼리프는 비참한 곤경에 빠졌던 자에게 동정을 보이는 것이 아니라, 그녀 위에 올라갔던 바바 발루크의 모습을 상상하며 절제를 잃고 웃음을 터뜨렸다. 화가 난 환관은 예의바른 태도를 가장하기도 힘이 들었다.

"좋습니다, 웃으십시오, 전하! 웃으세요." 그가 말했다. "누로니하르가 전하에게도 장난을 치기를 바랄 뿐입니다. 그 사악한 처녀는 전하라고 해서 봐주지는 않을 테니까요."

칼리프는 그 말을 귀담아 듣지 않았지만, 오래지 않아 그 말을 되뇌게 될 운명이었다.

두 사람의 대화는 파크레딘 때문에 끊어졌다. 파크레딘은 헤아릴 수 없이 많은 냇물들이 흐르는 널찍한 초원에서 거행되는 기도와 세정식에 참여해달라고 바텍을 부르러왔다. 행사에 참석한 칼리프는 물은 시원하게 느꼈으나, 기도는 끔찍하게 귀찮았다. 그러나 그는 끊임없이 오가는 수많은 칼렌더, 산톤, 데르비시*들에게 한눈을 팔 수 있었다. 특히 눈에 띄었던 사람들은 인도의 중심부로부터 나와 떠돌다 에미르에게 잠시 들린 브라민, 파키르†를 비롯한 열렬한 수행자들이었다. 힌두교의 탁발승들은 저마다 아무 말 없이 독특한 의식을 거행하고 있었다. 한 고행자는 가는 곳마다 거

---

* 이슬람교의 탁발승들.
† 힌두교의 탁발승이나 고행자.

대한 사슬을 끌고 다녔다. 또 한 고행자는 오랑우탄을 끌고 다녔다. 또 다른 고행자는 회초리를 들고 다녔다. 모두가 눈길을 끌 만한 매혹적인 모습을 보여주었다. 어떤 사람들은 한 발은 공중에 내뻗고 나무를 탔다. 또 어떤 사람들은 불 위에서 자세를 잡고, 손가락 끝으로 자기 코를 무자비하게 퉁겨댔다. 해충을 소중하게 여기는 사람들도 있었는데, 해충들도 그들의 애지중지하는 태도에 아낌없이 보답을 했다. 데르비시, 칼렌더, 산톤은 눈앞에서 어슬렁거리는 이 힌두교 광신도들을 보자 역겨움이 치밀어 올랐다. 그러나 칼리프가 그들의 어리석음을 치유하고 그들을 이슬람 신앙으로 개종시킬 것이라는 희망이 솟아오르자 그 지독한 역겨움도 희망 밑으로 가라앉았다. 그러나 안타까워라, 그들의 실망이 얼마나 컸을까! 바텍은 힌두교 탁발승들에게 훈계를 하는 대신 그들을 어릿광대 취급하여, 비스노우와 익스호라[*]에게 안부를 전해달라고 했다. 바텍은 특히 세렌디브 섬에서 온 땅딸막한 노인이 마음에 들었다. 그가 다른 누구보다도 우스꽝스러웠기 때문이다.

"이리 오시오!" 칼리프가 말했다. "그대의 신들의 사랑으

---

[*] 힌두교의 신들.

로 말하노니, 그대의 턱을 몇 번 두들겨 나를 즐겁게 해주시오."

노인은 이 말에 기분이 상해 큰 소리로 울기 시작했다. 그러나 노인이 눈물을 흘리면서 고약하게 콧물을 줄줄 흘리자, 칼리프는 등을 돌리고 바바발루크의 말에 귀를 기울였다.

바바발루크는 칼리프 머리 위로 양산을 받쳐들고 속삭였다.

"전하께서는 이 이상한 무리를 조심하셔야 합니다. 저는 이들이 무슨 까닭으로 모인 것인지 모르겠습니다. 막강한 군주에게 이런 광경들을 보여주고, 중간에는 개보다 더 초라한 탈라포인*들까지 데려다놓을 필요가 있는 것입니까? 제가 전하라면 불을 지르라고 명령하여 에미르의 땅, 그의 하렘, 그의 모든 동물원을 없애버리겠습니다."

"쯧쯧, 이런 얼간이. 이 모든 것이 나에게 얼마나 흥미로운지 모르는 것인가. 나는 이 경건한 탁발 수도사들이 모이는 모든 곳을 둘러보기 전에는 이 초원을 떠나지 않을 것이야."

칼리프가 발을 내딛는 곳마다 동정할 만한 사람들이 주위

---

* 동남아시아의 불교 수도승을 가리키는 말.

에 떼로 몰려들었다. 눈먼 자, 눈이 침침한 자, 코가 없는 멋쟁이, 귀가 없는 처녀. 모두가 파크레딘의 너그러움을 찬양했다. 파크레딘은 그를 따라다니는 턱수염이 허연 노인들과 더불어 필요한 사람들에게 고약과 찜질약을 무료로 나누어 주었다. 정오에는 절름발이들 무리가 모습을 드러냈다. 곧 환자들이 일찍이 볼 수 없었던 완벽한 제휴를 이루어 한 무리씩 초원을 돌아다니기 시작했다. 눈먼 자들은 눈먼 자들과 함께 더듬고 다녔으며, 절름발이들은 함께 절뚝거렸으며, 팔이 잘린 자들은 남은 팔로 서로에게 몸짓을 했다. 상당히 큰 폭포 양옆에는 귀머거리들이 떼로 모였다. 그들 사이에는 페구*에서 온 사람들도 몇 명 있었는데, 그들은 눈에 띄게 잘생기고 귀가 큼지막했지만, 옆에 있는 귀머거리들과 마찬가지로 듣지는 못했다. 그곳에는 또 곱사등이, 목에 혹이 달린 자, 심지어 묘한 윤기가 흐르는 뿔이 달린 자들도 부족하지 않았다.

에미르는 빛나는 방문객을 기리는 축제를 더욱 엄숙하게 꾸미기 위하여 사방의 잔디밭에 가죽과 식탁보를 펼쳐놓으라고 명령했다. 그 위에는 선한 이슬람교도들이 마음 놓고

---

* 미얀마 남부 도시.

먹을 수 있도록 온갖 색조의 필래프를 비롯하여 정통적인 음식들이 작은 접시에 실려 나왔다. 그러나 창피할 정도로 거리낌이 없었던 바텍의 명령에 따라 혐오감을 일으킬 음식들이 차려지는 바람에 신자들에게 커다란 충격을 주었다. 거룩한 회중은 식사를 시작했다. 칼리프는 그의 환관들 가운데 우두머리가 온갖 말로 간언을 했음에도 즉석에서 준비된 식사를 하기로 결심했다. 공손한 에미르는 즉시 버드나무 그늘에 식탁을 차리라고 명령했다. 처음 나온 것은 높은 산의 발치에 깔린 황금 모래밭 위를 흐르는 강에서 잡은 생선 요리였다. 이 생선은 잡자마자 구운 뒤 식초 소스를 치고, 거기에 시나이 산*에서 자라는 작은 약초들을 곁들였다. 에미르가 내놓는 것은 모두 최고이면서도 신앙에 어울렸다.

후식을 다 먹지도 않았는데 산에서 류트 소리가 들리더니 그 소리가 이웃 산들로 메아리쳤다. 칼리프가 기쁘기도 하고 놀랍기도 하여 고개를 들자마자 얼굴 위로 재스민이 한 줌 떨어졌다. 꽃 뒤로 소리 죽인 웃음소리가 따라오더니, 곧이어 덤불들 사이로 우아한 젊은 여자 몇 명이 노루처럼 깡충거리며 뛰어다니는 모습이 보였다. 그들의 머리카락에서

---

* 율법이 나온 산이기 때문에 가장 거룩한 산으로 여겨진다.

풍기는 향기가 바텍의 감각을 사로잡았다. 바텍은 넋이 나가 먹던 것도 중단하고 바바발루크에게 말했다.

"저 페리*들은 그들이 사는 하늘에서 왔는가? 특히 몸매가 완벽한 저 여인을 보라. 벼랑 가장자리를 따라 대담하게 달리면서도 가운의 우아한 흐름 외에는 어떤 것에도 신경을 쓰지 않고 고개까지 뒤로 돌리는구나. 베일을 빼앗기지 않으려고 덤불과 싸우는 저 매혹적인 모습이 사람 애간장을 졸이게 하지 않느냐? 나에게 재스민을 던진 사람이 저 여인일 수도 있을까!"

"그렇습니다! 바로 저 여자였습니다. 하지만 저 여자는 전하도 던져버릴 것입니다. 바위 꼭대기에서요." 바바발루크가 말했다. "저 여자가 바로 제가 말하던 그 좋은 친구 누로니하르이니까요. 고맙게도 저에게 자기 그네를 빌려준 바로 그 여자 말입니다." 바바발루크는 버드나무에서 작은 가지 하나를 잡아뜯으며 덧붙였다. "귀한 주인이여, 군주여, 제가 저 여자의 버릇을 고쳐놓겠습니다. 에미르도 아무런 불평을 하지 않을 것입니다. 그의 신앙심에는 고마움을 느끼지만, 에미르는 산 위에 이렇게 여자들의 무리를 둔 것만

---

* 인간과 천사 사이의 아름다운 피조물.

으로도 큰 책임을 져야 합니다. 산 위에서는 공기가 얼얼하기 때문에 여자들 피가 너무 힘차게 순환을 한단 말입니다."

"입을 다물어라! 그런 모독을 하다니." 칼리프가 말했다. "저 여인에 대해 그렇게 말하지 말라. 이 산 위에서 내 마음은 기꺼이 저 여인의 포로가 되었다. 그러니 내 눈이 그녀만 바라볼 수 있는 방법이나 찾아보도록 하라. 저 여인이 이 멋진 광야를 할딱거리며 뛰어다닐 때 그녀 입에서 나오는 숨을 내가 들이마실 수 있도록 하라!"

바텍은 그렇게 말하고 나서 산을 향해 두 팔을 뻗더니 그의 영혼을 사로잡은 대상을 시야에서 놓치지 않으려고 눈을 바쁘게 돌렸다. 전에는 겪어보지 못했던 불안한 마음이었다. 그러나 그녀가 움직이는 방향은 쫓기가 힘들었다. 캐시미어의 아름답고 파란 나비, 그 진귀한 나비처럼 종잡을 수 없이 날아다니는 것 같았다.

칼리프는 보는 것만으로 만족할 수 없었고 누로니하르의 목소리도 듣고 싶었다. 그는 그녀의 목소리를 들으려고 열심히 두리번거렸다. 마침내 칼리프는 누로니하르가 재스민을 던졌던 덤불 뒤에서 한 동무에게 소곤거리는 소리를 들을 수 있었다.

"솔직히 고백하는데, 칼리프가 보기에는 괜찮아. 하지만 내 귀여운 굴첸루즈가 훨씬 더 사랑스럽지. 내게는 그이의 머리카락 한 올이 인도제국의 가장 귀한 장식보다 더 귀중해. 나는 그이가 이로 내 손가락을 장난스럽게 깨물어주는 것이 제국의 보물 창고에 들어 있는 가장 비싼 반지를 끼는 것보다 더 좋아. 그런데 너는 그이를 어디에 두고 온 거니, 수틀레메메? 그이가 왜 여기 오지 않은 거야?"

흥분한 칼리프는 그녀의 목소리를 더 듣고 싶었다. 그러나 그녀는 곧 시녀들을 모두 데리고 사라졌다. 사랑에 빠진 군주는 그녀가 시야에서 사라질 때까지 뒤를 쫓았다. 그런 뒤에도 그의 눈길은 밤에 길을 인도할 별들이 구름에 가려 당황한 나그네처럼 계속 불안하게 움직였다. 그의 눈앞에 밤의 장막이 드리운 것 같았다. 모든 것이 색깔을 잃어버린 것 같았다. 그의 영혼은 떨어지는 폭포를 보고 낙담했다. 그는 누로니하르가 던진 재스민을 잡아 타오르는 가슴에 품고 있었는데, 그 꽃들 위로 눈물이 떨어졌다. 칼리프는 반짝거리는 조약돌 몇 개를 집어들었다. 사랑의 격정을 처음 느꼈던 장소를 기억나게 해주는 기념물이었다. 이제 두 시간이 흘러 날이 저물고 있었다. 그제야 칼리프는 그곳을 떠나기로 결심했다. 그러나 여러 번 발을 옮기려 했지만 소용이 없었다. 은근한 무력감 때문에 그의 정신은 힘을 잃고 있었다. 칼리프는 냇물 가장자리에 몸을 뻗더니 산의 파란 정상을 향해 눈을 돌리며 소리쳤다.

"그대는 뒤에 무엇을 감추고 있는가, 무정한 바위여? 그대의 고독 속에서 무슨 일이 일어나고 있는가? 그 여인은 어디로 갔는가? 오 하늘이여! 행여 그 여인이 행복한 굴쳰루즈와 함께 그대의 동굴들을 돌아다니고 있는 것은 아닌가!"

초원에 이내가 깔리기 시작했다. 에미르는 칼리프의 건강을 걱정하여 왕의 가마를 가져오게 했다. 바텍은 백일몽에 빠져 있었기 때문에, 자기가 가마에 들어 올려져 전날 잤던 방으로 옮겨지는 것도 몰랐다. 여기서 새로운 정열에 푹 빠져 있는 칼리프를 떠나 바위들 너머에서 사랑하는 굴쳰루즈와 다시 만난 누로니하르에게로 가보자.

굴쳰루즈는 에미르의 형제인 알리 하산의 아들로, 세상에서 가장 곱고 아름다운 인간이었다. 알리 하산은 십 년 전 미지의 바다로 항해를 떠나면서 여러 자식들 가운데 유일하게 살아남은 굴쳰루즈를 형에게 맡기고 갔다. 굴쳰루즈는 여러 나라 문자들을 정확하게 쓸 수 있었고, 고급 피지(皮紙)에 상상할 수 있는 가장 우아한 덩굴무늬를 그릴 수 있었다. 류트의 반주에 맞춘 그의 아름다운 목소리는 세상에서 가장 매혹적이었다. 그가 메그눈과 렐리아를 비롯하여 고대의 불행한 연인들의 사랑을 노래할 때면 듣는 사람들의 두 뺨에 어느새 눈물이 흘렀다. 그가 지은 시(굴쳰루즈 역시 메그눈과 마찬가지로 시인이었다)를 들으면 영락없이 나른한 감상에 사로잡히고 말았으며, 이것은 여인의 마음에는 종종 치명적이었다. 모든 여자들이 그에게 반했다. 그는 이제 열세 살이 되었지만, 여인들은 그를 계속 하렘에 붙들어두고 있었다. 그의 춤은 봄의 서풍에 흔들리는 거미줄처럼 가벼웠다. 춤을 출 때 젊은 처녀들의 몸을 우아하게 껴안는 두 팔은 사냥터에서 창을 던지지도 못했고, 숙부의 땅에서 풀을 뜯는 말에게 재갈을 먹이지도 못했다. 그러나 사랑의 화살을 쏘는 데는 뛰어나, 만일 그와 누로니하르를 묶고 있는 인연을 끊을 수 있었다면, 이 시합에서는 경쟁자들을 모두 물리쳤을 것이다.

두 형제는 자식들을 맺어주자고 약속했다. 그리고 누로니하르는 사촌을 자신의 아름다운 눈보다 더 사랑했다. 두 사람은 취미와 놀이가 같았다. 먼 곳을 동경하는 듯한 나른한 표정도 똑같았다. 머리카락도 똑같았다. 고운 살결도 똑같았다. 굴첸루즈가 사촌의 치마를 입고 나타나면, 누로니하르보다 더 여자처럼 보였다. 가끔이라도 하렘을 떠나 파크레딘 앞에 나서면, 일부러 어미의 굴을 떠나 모험을 하러 나선 새끼 사슴처럼 몹시 수줍어하였다. 그러면서도 허연 턱수염을 기른 엄숙한 노인네들을 조롱할 정도로 무엄하기도 했다. 그럴 때면 어김없이 무자비하게 야단을 맞았는데, 그런 일이 생길 때마다 굴첸루즈는 서둘러 하렘의 깊은 곳으로 뛰어들어가, 그의 장점보다 단점을 더 사랑하는 누로니하르의 다정한 품을 피난처 삼아 흐느꼈다.

이날 저녁 누로니하르는 칼리프가 있던 초원을 떠난 뒤, 파크레딘이 사는 골짜기를 품에 안은 산의 녹색 잔디 위를 굴첸루즈와 함께 달렸다. 해는 지평선 끝에서 부풀어오르고 있었다. 기발하고 활기찬 상상력을 가진 두 젊은이는 서쪽의 아름다운 구름들 속에 페리들이 살고 있는 샤두키안과 암브레아바드*의 돔들이 보인다고 상상했다. 누로니하르는 산비탈에 앉아 있었고, 굴첸루즈는 향기로운 머리를 그녀의 무릎 위에 얹고 있었다. 칼리프의 예상치 못한 출현, 그리고 그의 외모의 특징인 광채는 이미 누로니하르의 뜨거운 영혼을 흔들어놓았다. 허영심 많은 그녀는 군주의 관심을 자극하고 싶은 욕구를 도저히 주체할 수 없었다. 그녀가 던진 재스민을 칼리프가 집어들었을 때 그녀는 이미 그 목적을 달성했다. 그러나 굴첸루즈가 자신이 그녀의 가슴을 위해 모아준 꽃들이 어떻게 되었느냐고 물었을 때, 그녀는 혼란에 빠지고 말았다. 그녀는 얼른 그의 이마에 입을 맞추고, 안절

---

* 페리들이 살고 있는 상상의 나라 기니스탄의 두 도시. 페리는 인간의 편을 드는 친절하고 아름다운 요정이다.

부절못하는 모습으로 일어서더니, 고르지 않은 걸음으로 절벽 가장자리를 걸었다. 밤이 다가오고 있었다. 석양의 순수한 황금빛은 피처럼 붉은색으로 바뀌고 있었다. 노을빛은 타오르는 용광로의 열처럼 누로니하르의 싱싱한 얼굴을 붉게 물들였다. 굴첸루즈는 사촌의 흥분한 모습에 놀라 애원하는 목소리로 말했다.

"가자. 하늘이 불길해보여. 위성류(渭城柳)나무들이 평소보다 더 떨고 있어. 싸늘한 바람에 내 심장이 차가워져. 어서 가자! 우울한 밤이야!"

굴첸루즈는 그녀의 손을 잡고 가고 싶은 길 쪽으로 끌었다. 누로니하르는 아무 생각 없이 끄는 대로 따라갔다. 수많은 이상한 상상들이 그녀의 정신을 사로잡고 있었다. 그녀는 자기가 가장 즐겨 찾는 커다란 인동초 무리를 지나치면서도 눈길 한번 주지 않았다. 그러나 굴첸루즈는 마치 사나운 짐승이 뒤에서 쫓아오기라도 하는 것처럼 달려가면서도 잊지 않고 어린 가지 몇 개를 꺾었다.

젊은 여인들은 두 사람이 황급히 달려오는 것을 보고, 춤을 추려는 것이려니 생각하고 관례에 따라 즉시 손을 맞잡아 원을 그렸다. 그러나 굴첸루즈는 숨을 헐떡거리며 달려오더니 바로 풀밭에 쓰러졌다. 까불거리던 여자들은 소스라쳐 놀랐다. 누로니하르는 역시 힘들게 달려온 데다가 머릿

속마저 혼란스러워 반쯤 정신을 잃고 굴첸루즈 옆에 힘없이 주저앉았다. 그녀는 그의 차가운 두 손을 가슴에 품고, 향수로 그의 관자놀이를 비벼주었다. 마침내 굴첸루즈가 정신을 차렸다. 그는 사촌의 가운에 머리를 묻으며 하렘으로 돌아가지 말자고 애원했다. 굴첸루즈는 스승인 샤반에게 혼날 것이 두려웠다. 샤반은 침울한 성격의 쭈글쭈글한 늙은 환관이었다. 누로니하르의 규칙적인 습관인 산책을 방해했다는 이유로 그 고집쟁이가 화를 낼 것 같았다. 이끼 긴 언덕에 둘러앉아 있던 쾌활한 여인들은 여러 가지 놀이를 하며 놀기 시작했다. 그들의 감독인 환관들은 멀리서 엄숙한 표정으로 이야기를 나누고 있었다. 에미르의 딸의 유모는 자신이 보호하는 아가씨가 눈을 내리깔고 생각에 잠겨 있는 것을 보자 즐거운 이야기로 기분을 풀어주려 했다. 그러자 굴첸루즈는 자기 근심은 까맣게 잊어버리고 숨도 제대로 쉬지 못하면서 이야기에 귀를 기울였다. 굴첸루즈는 웃음을 터뜨리고 손뼉을 쳤다. 이어 주위에 있는 모든 사람에게 장난을 쳤다. 환관들도 빼놓지 않았는데, 굴첸루즈는 그들을 자극하여 노쇠한 몸을 이끌고 그를 쫓아가게 만들었다.

그러는 와중에 달이 뜨고 바람은 잦아들었다. 저녁은 고즈넉하고 상쾌하여, 모두 그 자리에서 식사를 하기로 했다. 환관 하나가 멜론을 가지러 달려가고, 다른 환관들은 이 어여쁜 사람들 머리 위에 드리운 가지에서 아몬드를 털어냈다. 샐러드 요리 솜씨가 뛰어난 수틀레메메는 커다란 자기 사발에 작은 새의 알, 레몬즙을 넣어 굳힌 우유, 오이 조각, 고운 약초의 가장 속에 숨은 잎 등을 가득 담아 사람들에게 건네주었다. 사람들은 사발을 돌려가며 코크노스 새의 부리로 만든 커다란 숟갈로 자기가 먹을 만큼 떴다. 굴첸루즈는 평소처럼 누로니하르의 가슴에 기대어 있다가, 수틀레메메의 제안에 그의 주홍색 작은 입술을 삐죽 내밀었다. 그는 오직 사촌의 손으로 건네지는 것만 받으려 했다. 굴첸루즈는 꽃의 넥타에 취한 벌처럼 사촌의 입에 매달려 있었다.

이렇게 잔치를 벌이듯 저녁을 먹고 있는데, 가장 높은 산 꼭대기에 빛이 나타나는 바람에 모두 시선이 그곳으로 쏠렸다. 이 빛의 밝기는 꽉 찬 보름달에 뒤지지 않아, 만일 달이 이미 떠 있지 않았다면 달로 착각했을지도 몰랐다. 모두들 그 빛에 놀라기만 할 뿐, 감히 그 유래를 추측해보지도 못했다. 불은 아니었다. 빛이 맑고 푸르스름했기 때문이다. 그 크기나 광채로 보아 운석이라고 생각할 수도 없었다. 이 이상한 빛은 잠시 흐릿해지는가 싶더니, 곧바로 밝기를 회복했다. 빛은 처음에는 바위 밑동에서 꼼짝도 하지 않다가, 순식간에 쏜살같이 움직이더니 야자나무 덤불에서 반짝거렸다. 빛은 그곳으로부터 급류를 따라 미끄러져 내려오더니,

마침내 좁고 어두운 골짜기에 박혀 움직이지 않았다. 빛이 처음 움직이기 시작했을 때, 갑작스럽거나 드문 것만 보면 언제나 가슴이 떨리는 굴첸루즈는 누로니하르의 가운을 잡아당기며, 걱정스러운 표정으로 얼른 하렘으로 돌아가자고 말했다. 여인들도 똑같은 이야기를 끈질기게 되풀이했다. 그러나 에미르의 딸은 호기심이 강했다. 그녀는 돌아가지 않겠다고 했을 뿐 아니라, 어떤 위험이 있더라도 그 빛을 쫓아가 보겠다고 결심했다.

이들이 어떻게 하는 것이 좋을지를 놓고 의논을 하는데 빛이 갑자기 눈부시게 번쩍이는 바람에 모두들 비명을 지르며 뒤로 물러났다. 누로니하르도 그들을 따라 몇 걸음을 옮겼다. 그러나 작은 샛길로 들어서는 곳이 나오자, 발걸음을 멈추고 혼자 앞으로 되돌아갔다. 누로니하르가 그녀 특유의 민첩한 동작으로 달려가다보니, 오래지 않아 그들이 저녁을 먹던 자리가 나왔다. 둥근 빛 덩어리는 이제 골짜기 속에 고정된 채 웅장한 고요 속에 타오르고 있는 것 같았다. 누로니하르는 두 손을 가슴에 얹고 잠시 앞으로 나아갈지 말지 망설였다. 이렇게 혼자 있어 보기는 처음이었다. 밤의 적막은 무서웠다. 모든 것이 이제까지와는 전혀 다른 느낌을 불러일으켰다. 굴첸루즈가 무서움에 떨며 했던 말이 귓속에서 메아리쳤다. 그녀는 몇 번이고 돌아가려고 몸을 돌렸으나,

그때마다 이 빛나는 존재가 그녀 앞에서 어른거렸다. 그녀는 물리칠 수 없는 충동을 느끼고, 결국 그녀를 막는 모든 장애에 당당하게 맞서며 빛을 향해 계속 나아갔다.

누로니하르는 마침내 골짜기 입구에 도착했다. 그러나 눈앞에 빛이 번쩍이는 것이 아니라, 어둠이 사방을 둘러쌌다. 상당히 먼 곳에서 희미한 빛이 흐릿하게 깜빡거릴 뿐이었다. 그녀는 두 번째로 발을 멈추었다. 여러 폭포에서 물이 떨어지는 소리가 뒤섞였다. 바람이 야자나무 가지를 스치며 바스락거리는 소리가 들렸다. 야자나무의 쪼개진 줄기에서 새들이 장례식에 온 듯 비명을 질러댔다. 이 모든 소리가 뒤섞이면서 그녀의 영혼은 공포에 짓눌렸다. 매순간 독사를 밟는 기분이었다. 사악한 디브와 무서운 구울*의 이야기들이 그녀의 기억을 꽉 메웠다. 그럼에도 호기심이 두려움보다 강했다. 그녀는 마음을 굳게 먹고 빛으로 향하는 구불구불한 길로 들어섰다. 그러나 처음 와보는 길이었기 때문에 멀리 가보지도 못하고 자신의 경솔함을 뉘우쳤다.

"안타깝구나!" 그녀가 말했다. "평소처럼 불이 환하게 밝혀진 안전한 내 처소에서 굴첸루즈와 함께 저녁을 보냈더라

---

* 둘 다 괴물 이름.

면! 귀여운 아이! 혼자서 이 거친 곳을 방황한다면 네 가슴도 두려움으로 파닥거리겠지!"

그녀는 그렇게 말하며 앞으로 나아가더니, 태연하게 바위를 파서 만든 계단을 올라가기 시작했다. 빛은 차츰 거졌다. 그녀의 머리 위 산꼭대기에 빛이 나타났다. 마치 동굴로부터 나오고 있는 것 같았다. 이윽고 그녀의 귀에 애처로운 합창 소리가 들리기 시작했다. 무덤 위에서 부르는 애도가처럼 들렸다. 동시에 욕조를 물로 채우는 듯한 소리도 들렸다. 그녀는 계속 올라갔다. 마침내 바위의 갈라진 틈 여기저기에 커다란 촛불을 환하게 밝혀놓은 광경이 눈에 들어왔다. 그것을 보고 그녀는 두려움을 느꼈다. 동시에 촛불에서 나오는 이상하고 강한 냄새 때문에 숨이 거의 꺼져 그녀는 동굴 입구에 쓰러지고 말았다.

누로니하르는 이렇게 제정신이 아닌 상태에서 동굴 안을 들여다보았다. 물이 가득한 커다란 황금 물통에서 올라온 수증기가 그녀의 얼굴 위에 장미 향기가 나는 이슬로 맺혔다. 동굴 전체에 부드러운 교향악 소리가 울려 퍼졌다. 물통 양옆으로는 왕관과 왜가리 깃털 등 왕가의 장식품들이 보였는데, 곳곳에 홍옥이 반짝거렸다. 그녀가 그 화려한 물건들을 살피고 있는 동안 음악이 멈추고 목소리가 들렸다.

"어떤 군주를 위하여 이 불들을 켜놓고, 이 목욕물을 준비하고, 지상의 주권자들만이 아니라 불가사의한 힘을 가진 영들까지도 입을 수 있는 이 옷들을 마련해 놓았는가!"

두 번째 목소리가 응답했다. "그것들은 에미르 파크레딘의 아름다운 딸을 위한 것입니다."

"뭐라?" 첫 번째 목소리가 다시 들렸다. "연약함에 물들어 기껏해야 애처로운 남편 노릇밖에 못 할 경솔한 아이와 시간을 보내는 그 게으름뱅이를 위한 것이라고?"

다른 목소리가 그 말을 받았다. "아담 이전의 술탄들의 보물을 받을 운명이며, 키는 여섯 척에 달하며, 그 눈은 여성의 가장 깊은 영혼을 꿰뚫어 보는 세상의 주권자 칼리프가 그 여인에 대한 사랑으로 불타고 있는데, 그 여인은 그런 쓸데없는 장난감을 가지고 놀 수야 있나. 아니야! 이 여인에게는 그 사랑에 홀로 응답하여 자신의 영광을 드높일 지혜가 있을 것이야. 틀림없이 그럴 것이야. 자신의 상상의 꼭두각시는 경멸할 것이야. 그렇게 되면 이곳에 있는 모든 부와 지암시드*의 홍옥이 모두 그 여인의 것이 되겠지."

"말 한번 제대로 하는군." 첫 번째 목소리가 대꾸했다. "나는 서둘러 이스타카르에 가서, 신혼부부를 맞이할 지하

---

* 페르시아의 유명한 왕이며 이스타카르는 그의 도시이다.

의 불의 궁전을 미리 살펴야겠군."

목소리들은 사라졌고, 불도 꺼졌다. 칠흑 같은 어둠이 찾아왔다. 누로니하르는 정신이 번쩍 들었다. 그녀는 아버지의 하렘에 있는 소파에 누워 있었다. 그녀가 손뼉을 치자 즉시 굴첸루즈와 시녀들이 함께 달려왔다. 그들은 조금 전까지 누로니하르가 사라진 것을 알고 절망에 빠져 환관들을 사방으로 보내 그녀를 찾고 있었다. 샤반이 다른 환관들과 함께 나타나 오만한 태도로 그녀를 야단치기 시작했다.

"어리고 버릇없는 자여, 그대는 여벌 열쇠를 가지고 있는 것인가, 아니면 어떤 신의 귀염을 받아 자물쇠를 따는 재주를 얻었는가? 내 그대의 힘을 시험해볼 테니 어두운 방으로 오라. 물론 굴첸루즈를 데려갈 생각은 하지 말고. 어서! 내가 그대를 가두고 이중으로 잠가놓겠다!"

그 위협에 누로니하르는 분개하여 고개를 바짝 쳐들고 샤반을 향해 검은 눈을 떴다. 그녀의 눈은 마법의 동굴에서 중요한 대화를 들은 이후로 상당히 커졌다. 그녀가 말했다.

"가서 노예들에게나 그렇게 말하라. 그리고 법을 내리고 모든 사람을 자신의 권력 앞에 굴복시키기 위해 태어난 사람을 존경하는 법을 배우도록 하라."

누로니하르가 그런 식으로 계속 말을 하는데, 갑자기 "칼리프입니다! 칼리프예요!" 하는 소리가 들렸다. 모든 커튼

이 동시에 걷히고, 노예들은 두 줄로 엎드렸다. 가엾은 굴첸루즈는 소파 밑에 가서 숨었다. 처음에는 흑인 환관들이 일렬로 나타났다. 그들은 뒤에 황금으로 장식한 모슬린을 길게 끌고 있었다. 손에는 향로를 들고 있었는데, 움직일 때마다 알로에 나무의 쾌적한 향기가 피어올랐다. 그 뒤로 바바발루크가 엄숙한 표정으로 점잔 빼며 걸어 들어왔다. 그는 이곳을 방문하는 것이 별로 달갑지 않다는 듯 고개를 좌우로 흔들고 있었다. 훌륭한 가운을 입은 바텍이 바로 그 뒤를 따라왔다. 그의 걸음걸이는 전혀 어색하지 않고 고귀해 보였다. 설사 세상의 주권자가 아니었다 해도, 그의 존재는 감탄을 불러일으켰을 것이다. 칼리프는 두근거리는 가슴을 안고 누로니하르에게 다가갔다. 전에는 스쳐 지나는 길에 몇 번밖에 보지 못했던 그녀의 빛나는 두 눈의 찬연한 광채를 정면으로 받다보니 넋이 나간 표정이었다. 그녀는 얼른 눈빛을 흐렸지만, 그 흐트러짐 때문에 아름다움은 오히려 돋보였다.

바바발루크는 이런 식으로 두 사람이 눈이 맞는 일에는 통달한 사람이었기 때문에, 또 최악의 게임은 가장 선한 얼굴로 해야 한다는 것을 아는 사람이었기 때문에, 즉시 모두 물러나라고 신호를 보냈다. 바바발루크는 소파 밑에서 작은 발을 보자 그대로 잡아 빼 발의 주인공을 어깨 위에 걸치더니, 밖으로 나가면서 청하지도 않은 포옹을 수도 없이 해주었다. 굴첸루즈는 소리를 지르며 저항했다. 두 뺨은 석류 색깔로 변했고, 눈물이 그렁그렁한 눈은 분노로 반짝거렸다. 굴첸루즈는 누로니하르에게 의미심장한 눈길을 던졌다. 칼리프가 그것을 알아채고 물었다.

"그러니까 저 아이가 그대의 굴첸루즈인가?"

"세상의 주권자여!" 그녀가 대답했다. "제 사촌을 용서하소서. 제 사촌은 순진하고 착하니 화를 내실 필요가 없습니다!"

"마음을 놓으시게." 바텍이 웃음을 지으며 말했다. "그는 확실한 사람에게 맡겨져 있네. 바바발루크는 아이들을 좋아하지. 아이들 때문에 반드시 사탕이나 과자를 가지고 다니는 사람이라네."

파크레딘의 딸은 곤혹스러웠다. 굴첸루즈가 한마디도 못 보태고 실려나가는 것이 안쓰러웠다. 그녀의 가슴속 혼란이 겉으로 드러나자 바텍은 더 큰 정열에 사로잡혀, 자신의 격앙된 감정의 고삐를 풀고 말았다. 그 감정이 망설임으로 인한 마지막 미약한 갈등을 집어삼키려는 순간 갑자기 에미르가 뛰어들어오더니 칼리프의 발 앞에 머리를 조아리며 말했다.

"신자의 사령관이여! 그대를 그대의 비천한 노예의 수준으로 낮추지 마소서."

"아니오, 에미르." 바텍이 대답했다. "내가 저 여인을 나 자신과 같은 수준으로 높이려는 거요. 나는 저 여인을 내 아내로 선포하겠소. 그대 민족의 영광이 대를 이어 뻗어나갈 것이오."

"안타깝습니다! 전하." 파크레딘이 허연 턱수염 몇 가닥을 뽑으며 말했다. "전하의 충실한 하인이 약속을 어기게 하느니, 차라리 살 날을 줄여주십시오. 누로니하르는 제 형인 알리 하산의 아들 굴첸루즈와 엄숙하게 약혼을 한 몸입니다. 두 아이는 또한 마음으로도 결합이 되어 있습니다. 두 아이의 신앙으로도 약혼이 되어 있습니다. 이 약혼은 매우 거룩하여 절대 깨뜨릴 수가 없습니다."

"그렇다면 뭐요!" 칼리프가 무뚝뚝하게 대꾸했다. "그대는 하늘이 내린 이 미인을 그녀보다 더 여자 같은 자에게 주겠다는 거요? 이 여인의 매력이 그렇게 무능하고 무기력한 자의 손에서 시들어가는 꼴을 내가 견딜 것이라고 생각하는 거요? 안 돼! 이 여인은 나의 품에서 삶을 끝낼 운명이오. 그것이 나의 의지요. 물러나시오. 그녀의 매력을 숭배하는 일에 바쳐져야 할 이 밤을 방해하지 마시오."

성이 난 에미르는 사브르를 뽑아 바텍에게 내밀고 목을 쭉 뺀 다음 단호한 목소리로 말했다.

"이 집의 불행한 주인의 목을 치십시오, 전하! 예언자의 대리인께서 환대하는 자의 권리를 침해하는 것을 보았으니 그는 이미 충분히 오래 산 것입니다."

그 말을 듣자 누로니하르는 감정의 갈등을 더 이상 견디지 못하고 기절하고 말았다. 바텍은 그녀가 목숨을 놓을까 걱정이 되기도 하고, 자신의 의지가 반대에 부딪히는 것이 화가 나기도 하여 파크레딘에게 딸을 도우라고 명령하고 자리를 떴다. 그러나 그가 가엾은 에미르를 무시무시한 눈길로 쏘아보자, 에미르는 돌연 죽음의 안개처럼 차가운 땀에 흠뻑 젖어 뒤로 나자빠지고 말았다.

그때 바바발루크의 손아귀에서 벗어난 굴첸루즈가 돌아와 있는 힘을 다해 도와달라고 소리를 질렀다. 그 자신에게는 도울 힘이 없었기 때문이다. 가엾은 아이는 창백한 얼굴로 숨을 헐떡이며 누로니하르를 소생시키려고 끌어안고 입을 맞추었다. 그러자 바르르 떨리는 입술의 온기 때문에 누로니하르가 정신을 차렸다. 파크레딘 역시 칼리프의 눈길로 인한 충격으로부터 벗어나 힘겨운 표정으로 비틀거리며 의자로 걸어갔다. 에미르는 경계하는 눈길로 주위를 두리번거리며 위험한 군주가 사라졌는지 확인한 다음, 샤반과 수틀레메메를 불러오게 했다. 에미르는 그들에게 말했다.

"나의 벗들이여! 폭력적인 악에는 폭력적인 해결책이 필요하다. 칼리프는 내 가족에게 파멸과 공포를 가져왔다. 우리가 그의 힘에 어떻게 저항할까? 그가 나를 한번만 더 노려보면 나는 무덤으로 갈 터인데. 자, 어떤 데르비시가 아라칸에서 가져온 그 마쳐가루를 가져와라. 그것을 이 아이들에게 한 번씩만 먹여라. 그러면 그 효과가 사흘은 갈 것이다. 이 아이들은 죽은 것과 똑같아 보일 것이기 때문에 칼리프는 이 아이들이 죽었다고 믿을 것이다. 그때 우리는 이 아이들을 넓은 사막 입구, 내 난쟁이들의 거처 근처에 있는 메이무네의 동굴에 매장하는 척하자꾸나. 구경꾼들이 모두 물러나면 샤반, 그대와 그대가 뽑은 환관 네 명이 아이들을 호수로 운반하도록 하라. 호수에는 이 아이들이 한 달 동안 먹고 살 수 있는 식량을 마련해놓겠다. 이 아이들이 죽으면 놀라서 하루는 그냥 갈 것이고, 닷새는 눈물을 흘려야 할 것이고, 두 주는 회상에 잠겨야 할 것이고, 나머지 기간은 칼리프가 떠날 채비를 하는 데 필요할 것이다. 내 계산에 따르면, 이렇게 하면 바텍이 머무는 기간은 끝이 날 테고, 그 뒤면 나는 그의 침입에서 자유로워질 것이다."

"훌륭한 계획입니다." 수틀레메메가 말했다. "계획대로 실행될 수만 있다면 말입니다. 제가 본 바로는, 누로니하르는 칼리프의 눈길을 잘 받아냈습니다. 칼리프 또한 누로니하르에게서 눈길을 떼지 못했습니다. 따라서 누로니하르가 굴첸루즈를 좋아하기는 하지만, 칼리프가 여기에 있다는 것을 아는 이상 결코 가만히 있지 않을 것이라고 믿어도 좋을 것입니다. 따라서 누로니하르는 자신과 굴첸루즈가 정말로 죽은 것이라고 믿게 만들겠습니다. 그리고 그들의 사랑이 원인이 되어 나타난 작은 허물들을 속죄하기 위하여 일정 기간 동안 그 바위들로 가게 된 것이라고 믿게 만들겠습니다. 우리 둘은 절망에 빠져 자살을 해서 따라왔다고 말하겠습니다. 그들이 아직 한 번도 보지 못한 전하의 난쟁이들은 그들에게 즐거운 설교를 해줄 것입니다. 제가 전하의 소망대로 모든 일이 이루어지도록 준비하겠습니다."

"그렇게 하라!" 파크레딘이 말했다. "그대의 제안을 따르겠다. 지체 없이 그대로 실행하도록 하라."

그들은 서둘러 마취가루를 찾으러 갔고, 그것을 셔벗에 섞어 바로 굴첸루즈와 누로니하르에게 먹였다. 한 시간이 안 되어 두 아이는 가슴이 심하게 두근거리기 시작하더니, 몸 전체에 감각이 사라졌다. 두 아이는 칼리프가 떠난 이후로 쭉 누워 있던 바닥에서 일어나서 소파로 올라가 서로를 꼭 끌어안았다.

"나를 품어줘, 사랑하는 누로니하르!" 굴첸루즈가 말했다. "내 심장에 손을 얹어줘. 꼭 얼어붙을 것만 같아. 슬퍼라! 누이도 나만큼이나 몸이 차구나! 칼리프가 그 무시무시한 표정으로 우리 둘 다 죽인 것일까?"

"나는 죽어가고 있어!" 누로니하르가 더듬더듬 소리쳤다. "더 꼭 안아줘. 나는 곧 죽을 것 같아!"

"그럼 함께 죽기로 해." 어린 굴첸루즈가 대꾸했다. 발작적으로 숨을 토해내느라 그의 가슴이 벌렁거렸다. "적어도 내 영혼을 누이의 입술 위에 뿜어내게는 해줘!"

그들은 더 말이 없었다. 죽은 것이나 다름없었다.

동시에 귀를 찢을 듯한 울음소리가 하렘 전체에 울려 퍼졌다. 샤반과 수틀레메메는 빈틈없는 솜씨로 절망에 빠진 사람 역을 해냈다. 에미르는 어쩔 수 없이 이런 성가신 방법을 썼다는 것 때문에 이미 분을 참기가 힘들었다. 게다가 그 가루를 처음 시험해본 것이라 무척 불안했으므로, 굳이 슬픔을 가장할 필요도 없었다. 사방에서 모여든 노예들은 눈앞에 펼쳐진 광경에 꼼짝도 못 하고 서 있었다. 두 개의 등만 남기고 모든 불이 꺼졌다. 남은 두 개의 등불이 인생의 봄에 시들어버린 어여쁜 꽃들의 얼굴에 희미한 빛을 던지고 있었다. 상복이 준비되었다. 그들은 시신을 장미물로 씻겼다. 아름다운 머리카락은 딿은 다음 향을 뿌렸다. 몸은 설화석고보다 더 흰 천으로 감쌌다.

시종들이 두 아이가 가장 좋아하던 재스민 다발을 그들의 이마에 올려놓을 때, 비극적인 소식을 들은 칼리프가 도착했다. 그는 밤에 무덤을 배회하는 구울들보다 더 창백하고 초췌해 보였다. 그는 자신이나 다른 모든 사람들의 존재를 잊은 채, 노예들 사이를 헤치고 나아가 소파 발치에 엎어져 가슴을 쳤다. 그는 자신을 흉악한 살인자라고 부르며, 자신의 머리에 수도 없이 저주를 퍼부었다. 칼리프는 떨리는 손으로 누로니하르의 얼굴을 덮은 베일을 들어 올리더니, 크게 비명을 지른 뒤 바닥에 쓰러져 정신을 잃었다. 얼굴을 무시무시하게 찌푸린 환관장 바바발루크가 칼리프를 끌고 나가며 계속 중얼거렸다.

"그래요, 내 진작부터 그 여자가 전하한테 무례한 짓을 할 줄 알고 있었지요!"

칼리프가 나가자마자 에미르는 관을 들이라 명령하고, 아무도 하렘에 들어오지 못하게 했다. 창문은 모두 닫았다. 모든 악기는 부수었다. 이맘*이 기도문을 낭송하기 시작했다. 우울한 하루가 저물 무렵, 바텍은 조용히 흐느끼고 있었다. 분노와 절망 때문에 계속 발작을 일으키자 신하들이 진통제를 먹여 진정시켜 놓았기 때문이다.

다음 날 새벽 궁의 널찍한 두 짝 문이 활짝 열렸고, 장례

---

* 이슬람 조직 지도자.

행렬이 산을 향해 움직이기 시작했다. 울먹이며 "라 일라일라 알라!"* 하고 외치는 소리가 칼리프의 귀에까지 들렸다. 칼리프는 마음을 추스르고 장례식에 참석하고 싶은 마음이 간절했다. 몸이 너무 쇠약해져 걷지 못했기에 망정이지, 주위에서 말릴 수도 없었을 것이다. 칼리프는 몇 걸음 걷다가 쓰러지고 말았고, 신하들은 그를 침대에 눕혔다. 칼리프는 며칠 동안 정신을 차리지 못해, 심지어 에미르의 마음에서마저 동정심이 일어날 정도였다.

장례 행렬이 메이무네의 동굴에 이르자 샤반과 수틀레메메는 믿을 만한 환관 네 명만 남기고 모두 돌려보냈다. 그들은 야외에 놓인 관 옆에서 잠깐 쉰 다음, 환관들에게 관을 들고 작은 호수 가장자리로 가라고 명령했다. 호수 가장자리에는 회백색 이끼가 무성했다. 작고 파란 물고기들을 먹이로 삼는 왜가리와 황새가 즐겨 찾는 곳이었다. 이미 에미르의 명령을 받은 난쟁이들이 곧 나타났다. 그들은 환관들의 도움을 받아 골풀과 갈대로 오두막을 짓기 시작했다. 난쟁이들은 이런 오두막을 짓는 솜씨가 뛰어났다. 먹을 것을 넣어둘 창고도 만들고, 그들 자신을 위해서 작은 기도실도

---

* '알라 외에 다른 신은 없다'는 뜻으로 감정이 격할 때 내뱉는 탄성이기도 하다.

지었다. 그리고 땔감으로 쓸 장작도 단정하게 쌓아두었다. 산골짜기에는 바람이 찼기 때문이다.

저녁이 되자 호숫가에 모닥불을 두 개 피웠다. 어여쁜 두 시신은 관에서 꺼내어 오두막 안에 마른 잎으로 만든 침대에 살며시 눕혔다. 난쟁이들은 맑고 날카로운 소리로 코란을 암송하기 시작했다. 샤반과 수틀레메메는 약간 거리를 두고 서서 마취가루의 효과가 사라지기를 초조하게 기다렸다.

마침내 누로니하르와 굴첸루즈가 보일 듯 말 듯 두 팔을 뻗었다. 이어 천천히 눈을 뜨더니 주위의 사물들을 살피기 시작했다. 얼굴 위로 놀라는 표정이 점점 강하게 나타나기 시작했다. 그들은 심지어 일어나려고도 했으나 힘이 없어서 그대로 다시 쓰러지고 말았다. 그러자 수틀레메메는 에미르가 잊지 않고 챙겨준 감로주를 주었다.

완전히 정신이 든 굴첸루즈가 큰 소리로 재채기를 했다. 그는 놀란 마음에 힘을 내어 벌떡 일어나더니 오두막을 나가 게걸스레 신선한 공기를 들이마셨다.

"그래." 굴첸루즈가 말했다. "나는 다시 숨을 쉬고 있어! 나는 다시 살아 있어! 소리도 들려! 별들이 반짝이는 하늘도 보여!"

누로니하르는 사랑스러운 목소리가 귀에 들리자, 잎들 사이에서 몸을 일으켜 달려가더니 굴첸루즈를 품에 안았다. 그녀가 처음 본 것은 긴 시마르 천으로 만든 수의, 꽃다발, 맨발이었다. 그녀는 두 손으로 얼굴을 가리고 생각에 잠겼다. 마법의 욕조, 절망한 아버지, 그리고 이 두 가지보다 더 생생하게 바텍의 당당한 모습이 기억에 되살아났다. 동시에 자신과 굴첸루즈가 아파서 죽어가던 기억도 났다. 그러나 이런 기억들은 혼란스럽기만 할 따름이었다.

그녀는 자신이 와 있는 곳이 어디인지 몰라, 눈에 익은 것을 찾아 사방을 두리번거렸다. 유리 같은 수면에 모닥불의 불길이 어른거리는 독특한 호수, 물가의 희끄무레한 색조, 비현실적인 느낌의 오두막, 고개를 숙이고 처량하게 몸을 흔들고 있는 고랭이, 난쟁이들의 날카로운 목소리에 자신의 우울한 울음소리를 버무리고 있는 황새. 누로니하르는 결국 죽음의 천사가 다른 세상의 문을 열었다고 믿었다.

굴첸루즈는 사촌의 목에 달라붙은 채 경이감에 사로잡혀 제정신이 아니었다. 그는 자신이 유령들의 세계에 들어와 있다고 믿었다. 그리고 누로니하르가 입을 다물고 있는 것에 겁을 집어먹었다. 마침내 굴첸루즈가 말했다.

"말해줘. 우리가 어디에 있는 거지? 불타는 석탄들을 뒤집는 저 유령들이 보이지 않아? 저들이 우리를 석탄 속으로 집어던지려는 몬케르와 네키르*야? 운명의 다리†가 이 호수 위로 뻗어 있어? 혹시 이 엄숙하고 고요한 호수 밑에 심연이 감추어져 있는 것일까? 우리는 그 심연으로 영원히 가라앉아야 하는 운명일까?"

"아니란다, 애들아." 수틀레메메가 그들에게 다가갔다. "마음을 놓아라! 너희의 영혼에 이어 우리의 영혼까지 이곳으로 이끌고 온 절멸의 천사는 너희의 나태하고 관능적인 삶에 대한 벌을 일정 기간‡으로만 제한해놓았는데, 그 기간 동안 너희는 이 황량한 곳에서 살아야만 해. 이곳은 해가 거의 보이지 않고, 땅에서는 열매도 꽃도 나지 않지." 그녀는 난쟁이들을 가리키며 말을 이었다. "이들이 우리에게 필요한 것을 갖다 줄 거야. 우리처럼 세속적인 영혼들은 세상에 너무 진하게 물들어 쉽게 세상 것들을 끊을 수 없기 때문이지. 다만 너희 음식은 고기 대신 쌀뿐이야. 너희 빵은 호수 위에 웅크리고 있는 안개에 젖어 축축할 거야."

가엾은 아이들은 서글픈 앞날을 생각하며 울음을 터뜨리더니 난쟁이들 앞에 엎드렸다. 난쟁이들은 자신들이 맡은

---

* 신앙을 검증하고 벌주는 무서운 검은 천사들.
† 지옥의 심연에 놓인 이 다리는 거미줄보다 가늘고 칼날보다 날카롭다고 한다.
‡ 예언자의 말에 따르면 9백 년 이상 7천 년 이하이다.

역을 완벽하게 연기하여, 거룩한 낙타에 대하여 통상적인 길이의 뛰어난 설교를 했다. 천 년 뒤에 두 아이를 신자들의 낙원으로 실어다줄 낙타들 이야기였다.

난쟁이들은 설교를 마치고 세정식도 끝내자 알라와 예언자를 찬양했다. 그들은 대충 식사를 하고는 시든 잎들을 쌓아둔 곳으로 물러났다. 누로니하르와 어린 사촌은 죽은 자들도 한 오두막에 함께 누울 수 있다는 사실에서 그나마 위로를 받았다. 그들은 이미 충분히 잤기 때문에, 밤의 나머지 시간에는 자신들에게 닥친 일을 이야기했다. 둘 다 유령들이 무서워 서로의 품안에서 보호를 받으려 했다.

아침이 되자 낮게 내려앉은 하늘에서 비가 뿌렸다. 뾰족탑처럼 높은 장대들 위에 올라간 난쟁이들은 아이들을 불러 기도를 하게 했다. 수틀레메메, 샤반, 환관 네 명, 고기 낚는 데 지친 황새 몇 마리로 이루어진 회중은 이미 빠짐없이 모여 있었다. 두 아이는 기가 죽은 표정으로 느릿느릿 자신들의 오두막에서 나왔다. 아이들은 마음이 여려지고 우울했기 때문에, 예배는 오히려 열성껏 드렸다. 예배가 끝나자마자 굴첸루즈가 수틀레메메와 나머지 사람들에게 어떻게 자신이 사촌과 같은 시간에 죽게 되었느냐고 물었다.

"너희들이 죽은 것에 절망하여 자살을 했지."

수틀레메메가 대답했다. 그 말을 듣자 지금까지 벌어진

일에도 불구하고 자신의 뇌리에 박힌 것을 완전히 잊지 않고 있던 누로니하르가 말했다.

"그러면 칼리프는! 그도 슬픔 때문에 죽었나요? 그도 이리로 오게 되나요?"

이미 답을 준비하고 있던 난쟁이들이 점잔 빼며 말했다.

"바텍은 저주를 받아 도저히 구원받을 수 없는 지경에 이르렀구나!"

"당연히 그랬겠지요." 굴첸루즈가 말했다. "그 말을 들으니 마음 깊이 기쁨이 느껴져요. 우리가 이곳으로 와서 설교를 듣고 쌀을 먹게 된 것은 틀림없이 바로 그 무시무시한 눈길 때문이니까요."

일주일이 흘러갔으나, 호숫가에는 아무런 변화가 없었다. 누로니하르는 죽음이 자신에게서 앗아간 영광을 되새겨보곤 했다. 굴첸루즈는 무척이나 마음에 드는 난쟁이들과 기도를 하고 바구니를 만드는 일에 몰두했다.

산속에서 이런 순수한 장면이 펼쳐지고 있는 동안, 칼리프는 완전히 새로워진 모습으로 에미르 앞에 나타났다. 그는 자신의 감각을 회복하자마자 바바발루크를 벌벌 떨게 만드는 목소리로 소리쳤다.

"믿을 수 없는 지아우르! 내 너를 영원히 포기하리라! 내가 사랑하는 누로니하르를 죽인 자가 바로 너로구나! 나는 무함마드의 용서를 구하겠다. 내가 좀 더 지혜로웠다면 무함마드께서 그 여인을 지켜 나에게 주셨을 터인데. 세정식을 거행할 터이니 물을 가져오도록 하라. 신앙심 깊은 파크레딘을 불러 나와 함께 기도를 드리게 하고, 나와 화해하게 하라. 나중에 그와 함께 가엾은 누로니하르의 무덤을 찾아야지. 나는 내 죄를 속죄하고자 은자가 되어 이 산에서 여생을 보내기로 결심했다."

"산속에서 무엇을 드시며 사시렵니까?" 바바발루크가 물었다.

"나도 잘 모르겠다." 바텍이 대답했다. "배가 고프면 이야기하마. 하지만 당장 그럴 일은 없을 것이야."

파크레딘이 왔기 때문에 대화는 중단되었다. 바텍은 파크레딘을 보자마자 그의 목을 끌어안더니 눈물을 펑펑 쏟아내 얼굴을 적셨다. 이어 너무나 감동적이고, 너무나 경건한 이야기를 하는 바람에 에미르는 마음속으로 이렇게 뜻밖의 멋진 회개를 얻어낸 것을 자축하며 기뻐서 소리를 질렀다. 파크레딘으로서는 산으로 순례를 떠나자는 제안에 반대할 이유가 없었다. 그래서 두 사람은 각자의 가마에 올라 산으로 출발했다.

수행원들이 방심하지 않고 칼리프를 살폈음에도, 그들은 누로니하르가 묻혔다는 곳에 왔을 때 칼리프가 괴로워하며 자신의 뺨을 몇 번 긁어대는 것을 막지 못했다. 그들은 심지어 그 우울한 장소에서 칼리프의 몸에 손을 대 그를 떼어낼 수밖에 없었다. 그러나 칼리프는 매일 무덤에 들리겠다고 엄숙하게 맹세했다. 에미르는 이런 결심이 달갑지 않았으나, 칼리프가 메이무네의 동굴에서 예배를 드릴 뿐 거기서 더 멀리 나아가지는 않을 것이라고 낙관했다. 게다가 호수는 그 거대한 바위들의 외로운 가슴 안에 완전히 감추어져 있었기 때문에 아무도 그곳을 찾아낼 수 없을 것이라는 생각도 들었다. 바벡의 행동도 파크레딘의 이런 낙관을 굳혀 주었다. 칼리프는 자신의 맹세를 그대로 지켜, 매일 산에 왔다가 깊이 뉘우치는 경건한 자세로 다시 산을 내려갔다. 이것을 보고 흰 수염을 기른 사람들은 모두 환희에 젖었다.

누로니하르는 만족스럽지가 않았다. 그녀는 물론 굴첸루즈를 좋아했다. 또·주위 사람들은 둘의 애정을 북돋우기 위해, 굴첸루즈가 마음대로 그녀와 함께 있을 수 있는 자유를 주었다. 그러나 그녀는 여전히 그를 지암시드의 홍옥과는 비교가 되지 않는 장난감 정도로 보고 있었다. 가끔 그녀는 자신의 존재에 의심을 품기도 했다. 죽은 자가 산 자의 욕구와 변덕을 모두 가지고 있다는 것이 도무지 믿어지지가 않았다. 그녀는 이 당혹스러운 문제의 해답을 얻기 위해, 어느 날 아침 모두가 아직 잠을 깨지 않았을 때 숨을 죽이고 조심

조심 일어섰다. 그녀는 굴첸루즈에게 가볍게 입을 맞춘 뒤, 호수의 구불구불한 가장자리를 따라 걷기 시작했다. 마침내 호수가 끝나고 바위가 앞을 막아섰다. 꼭대기가 높기는 했지만 올라갈 수 없는 곳은 아니었다. 누로니하르는 상당히 힘들어하며 올라갔다. 이윽고 꼭대기에 이르자 그녀는 사냥꾼을 만난 암사슴처럼 내달리기 시작했다. 그녀는 영양처럼 날쌔게 달렸지만, 가끔 발을 멈추고 위성류나무 밑에 누워 쉬면서 숨을 고르곤 했다. 그녀는 그렇게 누워 있는 동안 왠지 그곳이 낯익다는 느낌에 사로잡혔다.

갑자기 바텍의 모습이 그녀의 시야에 나타났다. 바텍은 아침에 왠지 불안하여 동트기 전에 길을 나선 참이었다. 바텍은 깜짝 놀라 꼼짝도 하지 못했다. 앞에 있는 형체, 창백한 얼굴로 벌벌 떨고 있지만, 그럼에도 여전히 바라보기에 어여쁜 형체에 감히 다가가지를 못했다. 마침내 누로니하르가 기쁨과 괴로움이 뒤섞인 착잡한 마음으로 맑은 눈을 들어 그를 바라보며 말했다.

"전하! 저와 함께 쌀을 먹고 설교를 들으러 이곳에 오신 것입니까?"

"사랑하는 유령이여!" 바텍이 소리쳤다. "진정 말을 하는구나. 전과 다름없이 우아한 몸매를 지녔구나. 그렇다면 전과 다름없이 손으로 만질 수도 있는 것이냐?"

바텍은 간절한 표정으로 그녀를 안으며 덧붙였다.

"여기 팔다리와 가슴이 있구나. 부드럽고 따뜻하게 살아 있구나! 도대체 이것이 어찌된 일인가?"

누로니하르는 대수롭지 않게 대꾸했다.

"전하가 저를 찾는 영광을 베풀어주신 날에 제가 죽었다는 것은 전하도 아십니다. 제 사촌은 우리가 전하의 눈길 때문에 죽은 것이라 합니다. 하지만 저는 그 말을 믿을 수 없습니다. 나에게 그 눈길은 그렇게 무서워 보이지 않았기 때문입니다. 굴첸루즈는 저와 함께 죽어, 우리 둘 다 형편 없는 음식을 먹어야 하는 황량한 곳으로 왔습니다. 만일 전하도 죽어서 우리가 있는 곳에 오신 것이라면, 전하의 운명을 동정해야겠군요. 난쟁이와 황새들이 떠드는 소리에 정신이 하나도 없을 것이기 때문입니다. 게다가 전하나 저 자신이나 지하의 궁전의 보물을 잃은 것은 너무나도 분한 일입니다."

지하의 궁전 이야기가 나오자 칼리프는 한창 열이 오르던 애무를 중단하고, 누로니하르로부터 그녀의 말뜻을 설명해달라고 하였다. 그녀는 자신이 동굴에서 보았던 것을 간단하게 설명해주었다. 그리고 그 다음에 바로 일어난 일, 그녀가 죽은 과정, 또 그녀가 조금 전에 빠져나온 속죄의 장소에 대한 묘사까지 해주었다. 바텍이 만일 깊은 생각에 잠겨 있지만 않았다면, 그녀가 말하는 방식에 웃음을 터뜨리지 않을 수 없었을 것이다. 그녀의 이야기가 끝나자마자 그는 다시 그녀의 손을 잡아 자신의 가슴에 대며 말했다.

"내 눈의 빛이여! 수수께끼가 풀렸구나. 우리는 둘 다 살아 있구나! 그대의 아비가 속인 것이야. 그대의 아비가 우리를 갈라놓기 위해 우리를 둘 다 속인 것이야. 그리고 내 생각으로 지아우르의 계획은 우리를 함께 부르자는 것인데, 그 역시 그대의 아비보다 조금도 나을 것이 없네. 그가 불의 궁전에서 우리를 만나려면 적어도 얼마 동안은 기다려야 할 것이야. 어여쁘고 귀여운 그대는 아담 이전의 술탄들의 모든 보물보다도 나에게 훨씬 귀하거든. 두더지처럼 땅 밑으로 파고들어가기 전에, 환한 해 아래서 몇 달이고 나의 보물을 내 마음대로 소유하고 싶구나. 그 작고 하찮은 굴첸루즈는 잊어버리시게. 그리고……."

"아! 전하!" 누로니하르가 끼어들었다. "그에게 해를 입히지 말 것을 간청합니다."

"아니다, 아니야!" 바텍이 대답했다. "그 아이 일은 걱정하지 말라고 이미 말하지 않았나. 그렇게 우유와 설탕을 많이 먹고 자란 아이에게 내가 어찌 질투심을 느끼겠는가. 그 아이는 난쟁이들에게 맡겨두세. 사실 난쟁이들은 나와 구면인데, 그 아이는 난쟁이들과 함께 있는 것이 그대와 함께 있는 것보다 훨씬 낫네. 다른 문제에 관해서는, 우선 그대의 아비에게는 돌아가지 않겠네. 그와 그 옆의 노망든 사람들은 그대가 세계의 주권자의 아내가 되는 것보다 겉만 남자지 속은 여자인 아이의 아내가 되는 것이 더 명예로운 일이라고 생각하는 모양이야. 그자들이 환대하는 자의 권리를 침해했으니 어쩌니 떠드는 소리를 듣고 싶지 않구나!"

그 당당한 웅변에 누로니하르는 아무런 토를 달 수가 없었다. 그저 호색의 군주가 지암시드의 홍옥을 좀 더 뜨겁게 사랑하기를 바랄 뿐이었다. 그러나 홍옥을 사랑하는 마음은 차츰 커질 것이라고 스스로를 다독거렸다. 그래서 누로니하르는 가장 매혹적인 복종의 태도로 그의 의지를 따랐다.

칼리프는 적당한 때가 되었다고 판단하자 바바발루크를 불렀다. 바바발루크는 메이무네의 동굴에서 꿈속을 헤매고 있었다. 누로니하르의 유령이 다시 그를 그네에 태우고 힘껏 밀었다. 그네는 산꼭대기 위로 솟구치는가 싶더니 어느새 심연으로 가라앉고 있었다. 바바발루크는 주군이 부르는 소리에 퍼뜩 잠을 깨고 헐떡거리며 달려갔다가, 방금 꿈에서 그를 괴롭히던 여인의 유령이 눈앞에 보이자 뒤로 나자빠질 뻔했다.

"아, 전하!" 바바발루크는 소리치며 몇 걸음 뒤로 물러나더니 두 손으로 눈을 가렸다. "이제 구울 노릇을 하시는 것입니까! 그래서 죽은 자를 파내신 것입니까? 하지만 저 여자를 전하의 먹이로 삼지는 마시기를 바랍니다. 기왕에 저 여자 때문에 제가 겪은 고통을 보건대, 저 여자는 오히려 전하를 먹이로 삼을 만큼 사악합니다."

"바보짓은 그만해라." 바텍이 말했다. "그대도 내가 가슴에 끌어안고 있는 이 사람이 멀쩡하게 살아 있는 누로니하르임을 곧 믿게 될 것이다. 가서 근처 골짜기에 내 천막을 치도록 하라. 그곳에서 이 아름다운 튤립과 함께 살면서, 튤립의 원래 색깔을 곧 되찾아주겠다. 그곳에서 삶의 즐거움을 한껏 누릴 수 있도록 그대는 최선의 노력을 다해 모든 것을 확보하라. 그런 뒤에 그대에게 나의 생각을 좀 더 밝히겠다."

이 불운한 사건은 곧 에미르에게 전해졌다. 에미르는 비통과 절망에 빠져, 흰 턱수염의 노인들과 함께 재를 얼굴에 발랐다. 그 뒤로 에미르는 완전히 힘을 잃었다. 이제 나그네도 영접하지 않았다. 고약도 나누어주지 않았다. 자선 활동으로 이름이 높던 그의 보호 시설에는 돕는 이들의 발길이 끊어지고, 환자들은 슬픔 때문에 반 척 길이로 축 처진 얼굴을 내보이며 구슬픈 신음을 토했다.

파크레딘은 딸을 영원히 잃어버린 것으로 생각하여 슬퍼하였지만, 굴첸루즈까지 잊지는 않았다. 그는 즉시 수틀레메메, 샤반, 난쟁이들에게 굴첸루즈에게 그가 처한 상황을 알리지 말라는 명령을 내렸다. 그리고 핑계를 대서 그를 호수 끝에 있는 높은 바위로부터 자신이 지정하는 장소, 위험으로부터 좀 더 먼 장소로 옮기라고 명령했다. 바텍이 그에게 해를 입힐까 걱정이 되었기 때문이다.

한편 굴첸루즈는 사촌이 보이지 않자 깜짝 놀랐다. 난쟁이들도 마찬가지였다. 그러나 그들보다 통찰력이 뛰어났던 수틀레메메는 곧 무슨 일이 일어났는지 짐작했다. 굴첸루즈는 산속 깊은 곳에서 다시 누로니하르를 끌어안을 수 있다는 거짓 약속에 즐거워하였다. 수틀레메메는 그곳에 가면 오두막 안의 시든 낙엽들과는 달리 오렌지꽃과 재스민이 뒤덮인 땅이 있고, 류트 소리에 맞추어 노래를 부르며 나비를 쫓아다닐 수 있다고 이야기해주었다. 수틀레메메가 굴첸루즈와 한참 이런 이야기를 나누고 있는데, 네 환관 가운데 하나가 그녀를 옆으로 부르더니 그의 동료들이 보낸 사자가 도착하여 누로니하르가 달아난 일의 진상과 에미르의 명령을 전해주었다고 알렸다. 수틀레메메는 샤반, 난쟁이들과 의논을 했다. 곧 그들은 짐을 싸서 어린 굴첸루즈와 함께 조각배를 타고 출발했다. 굴첸루즈는 그들이 하자는 대로 묵묵히 따랐다. 배는 한참을 나아가다가 마침내 호수가 바위 동굴과 이어지는 곳에 이르렀다. 조각배가 동굴 안으로 들어가자마자 어둠이 그들을 덮었다. 굴첸루즈는 무시무시한 두려움에 사로잡혀 계속 귀를 찢을 듯이 비명을 질러댔다. 살았을 때 사촌과 함께 작은 자유를 너무 많이 누린 것 때문에, 이제 정말로 벌을 받게 되었다고 믿었기 때문이다.

그러나 여기서 칼리프와 그의 마음을 지배하고 있는 여인에게로 돌아가보자. 바바발루크는 천막을 치고, 골짜기의 입구를 화려한 인도 천으로 만든 장막으로 가렸다. 장막 앞에서는 에티오피아 노예들이 사브르를 빼들고 경비를 섰다. 이 아름다운 골짜기의 푸릇푸릇한 초목을 자연스럽고 신선하게 유지하기 위하여 백인 환관들이 금박을 입힌 물동이를 들고 쉬지 않고 주위를 돌아다녔다. 왕의 천막 근처에서는 부채가 펄럭이는 소리가 들렸다. 천막 안에서 칼리프는 모슬린을 뚫고 들어오는 관능적인 빛의 도움을 받아 누로니하르의 모든 매력을 빠짐없이 보고 즐겼다. 그는 류트 소리와 함께 울려 퍼지는 그녀의 매혹적인 목소리에 귀를 기울이며 기쁨에 취했다. 그녀 역시 사마라와 그곳에 있는 불가사의 한 탑 이야기에 넋을 잃었다. 그러나 무엇보다도 그녀를 사로잡았던 것은 공처럼 사람을 차던 일, 그리고 지아우르의 골짜기에 이르러 흑단 입구를 보게 된 일이었다.

이런 식으로 그들은 하루 종일 이야기를 나누고, 밤이 되면 누로니하르의 흰 살결을 더욱 매혹적으로 돋보이게 해주는 검은 대리석 욕조에 함께 들어가 목욕을 했다. 이 미녀는 바바발루크의 마음도 다시 얻었기 때문에, 그는 그들이 식사를 할 때마다 아주 세심한 부분까지 빠뜨리지 않고 정확하게 대접하기 위해 노력을 아끼지 않았다. 덕분에 그들 앞에는 늘 맛있는 진미가 놓였다. 바바발루크는 심지어 시라츠까지 사람을 보내, 무함마드가 태어나기 전부터 병에 담겨 그곳에 쌓여 있는 향기롭고 달콤한 포도주를 가져오게 했다. 바바발루크는 바위를 파서 작은 화덕을 만든 다음, 누로니하르가 손수 준비한 맛있는 밀가루 빵을 구웠다. 그 맛이 너무 좋았기 때문에 바텍은 다른 부인들의 스튜 요리는 떨떠름하게 여겼다. 에미르의 집에 머물고 있던 그 부인들은 칼리프에게 무시당한 것이 분해서 죽을 지경이었지만, 파크레딘이 칼리프에 대한 원한에도 불구하고 그들을 가엾게 여기는 것에서 목숨을 부지할 명분을 찾았다.

누로니하르가 오기 전까지 칼리프의 총애를 받았던 후궁 딜라라는 타고난 격한 심성 때문에 칼리프의 이런 무관심을 잊지 않고 마음에 새겨두었다. 그녀는 칼리프의 총애를 받던 시절 바텍으로부터 그의 엉뚱한 환상들 가운데 많은 부분을 흡수하였으며, 이스타카르의 화려한 무덤들과 마흔 개의 기둥이 있는 궁을 보고 싶은 마음에 속에서 불이 날 지경이었다. 게다가 그녀는 조로아스터교의 사제들 사이에서 자랐기 때문에 칼리프가 불을 숭배하는 일에 헌신하는 것이 무척 마음에 들었다. 따라서 칼리프가 자신의 경쟁자와 관능적이고 탈선적인 생활을 한다는 것이 그녀에게는 이중으로 괴로운 일이었다. 앞서 바텍이 일시적으로 경건한 태도를 보이자 그녀는 정말로 놀랐다. 그러나 현재의 행동은 그보다 훨씬 더 큰 악이었다. 그래서 그녀는 망설임 없이, 카라티스에게 편지를 써서 모든 일이 잘못되고 있음을 알리기로 마음먹었다. 그들이 신앙이 돈독한 늙은 에미르의 거처에서 먹고 자고 흥청거리고 있다는 것, 결국 아담 이전의 술탄들의 보물을 소유하는 목표는 아직 실현되기 어렵다는 것을.

이 편지는 산속의 숲에서 일을 하고 있던 두 나무꾼에게 맡겨졌다. 그들은 가장 빠른 지름길을 알고 있었기 때문에, 열흘이 안 되어 사마라에 도착했다.

카라티스가 모라카나바드와 체스를 두고 있을 때, 나무꾼들이 도착했다는 전갈이 왔다. 그녀는 바텍이 떠난 지 몇 주가 지나자 탑에서 내려왔다. 아들의 운명과 관련된 별들이 매우 어지러운 모습을 보여주었기 때문이다. 그녀는 향을 다시 피우고 지붕까지 올라가 신비한 계시를 얻어보려 했으나 소용이 없었다. 꿈에서도 무늬가 들어간 직물, 꽃다발 등 의미 없는 것들 외에는 아무것도 보이지 않았다. 이런 실망감 때문에 그녀는 의기소침했다. 그녀가 지을 수 있는 어떤 약도 치료에 도움이 되지 않았다. 그녀의 유일한 낙은 모라카나바드였다. 그는 선량한 사람이었으며, 상당한 자신감을 갖추고 있었다. 그러나 그는 그녀와 함께 있을 때 결코 자신이 장미꽃밭 위에 있다고 생각하지 않았다.

바텍이 어떻게 되었는지 아는 사람은 아무도 없었다. 대신 그에 대한 터무니없는 소문만 수도 없이 떠돌았다. 따라서 카라티스가 딜라라의 편지를 받았을 때 얼마나 반가웠을지, 그리고 아들의 방종한 행동을 알게 되었을 때 얼마나 화가 났을지는 쉽게 추측할 수 있는 일이다.

"그렇단 말이지!" 그녀는 소리쳤다. "내가 죽거나 바텍이 불의 궁전에 들어가거나 둘 중의 하나다. 그가 솔리만의 왕좌에서 통치할 수만 있다면, 나는 불에 타 사라져도 좋다!"

카라티스는 그렇게 말하고 나자 마법을 부린 것처럼 빙글빙글 몸을 돌렸다. 모라카나바드는 그 모습을 보고 겁에 질려 움츠러들었다. 카라티스는 그녀의 가장 좋은 낙타 알부파키를 데려오게 한 뒤, 무시무시한 네르케스와 무자비한 카푸르를 시종으로 데리고 나섰다.

"다른 종자는 필요 없습니다." 카라티스는 모라카나바드에게 말했다. "나는 다급한 용무 때문에 나갑니다. 따라서 체스는 휴전입니다! 백성을 다스리면서, 내가 없는 동안 백성들에게서 많은 것을 빼앗아두세요. 우리는 앞으로 많은 돈을 쓰게 될 거예요. 게다가 앞으로 무슨 일이 닥칠지 모르는 것이니까."

밤은 유난히 깜깜했다. 카툴 평원으로부터 역병과 같은 바람이 불어왔다. 여느 사람 같았으면 아무리 급한 여행이라도 나중으로 미루었을 것이다. 그러나 카라티스는 다른 사람을 공포에 질리게 하는 일은 무엇이든지 즐기는 사람이었다. 네르케스도 그녀와 같은 생각이었다. 게다가 카푸르는 역병을 유난히 좋아했다. 아침에 이 나무랄 데 없는 대열은 길을 안내하는 나무꾼들과 함께 넓은 늪지 가장자리에서 발을 멈추었다. 늪에서는 유독한 증기가 피어올라 알부파키가 아닌 다른 짐승이었다면 그 자리에서 죽고 말았을 것이다. 알부파키는 기뻐하면서 자연스럽게 이 독기 서린 안개를 들이마셨다. 나무꾼들은 일행에게 이곳에서는 자지 말자고 호소했다.

"잔다고." 카라티스가 소리쳤다. "정말 멋진 생각이로군! 나는 계시를 얻기 위해서가 아니면 결코 잠을 자지 않아. 내 수행원들은 할 일이 너무 많아 하나뿐인 눈을 감을 시간이 없지."

가뜩이나 모시는 사람들이 달갑지 않았던 가엾은 나무꾼들은 놀라서 입을 떡 벌렸다.

카라티스와 두 검은 여인은 땅에 내렸다. 그들은 각자 겉 옷을 벗어젖히더니 늪 가운데 해가 가장 강하게 내리쬐는 곳에서 자라는 유독한 식물들을 채취하러 달려갔다. 에미르 의 가족을 포함하여, 이스타카르로 가는 길을 막는 모든 사 람에게 먹이려는 것이었다. 나무꾼들은 이 무시무시한 유령 셋이 달려가는 것을 보고 두려움에 사로잡혔다. 그들은 알 부파키하고만 함께 있는 것도 별로 즐겁지는 않았지만, 카 라티스가 출발하라는 명령을 내렸을 때는 기겁을 했다. 때 는 정오라 햇볕이 바위조차 구워서 석회를 만들 정도로 강 렬했기 때문이다. 그들은 여러 가지 말로 항의를 했지만, 결 국 무조건 복종할 수밖에 없었다.

　혼자 있는 것을 즐기는 알부파키는 사람 사는 곳 근처에 다가갈 때마다 씨근덕거렸다. 그의 말이면 오냐오냐하는 카 라티스는 언제나 그의 비위를 맞추어주려고 했다. 그래서 농부들은 먹을 것을 얻을 생각도 할 수가 없었다. 그들이 가 로지르는 지역에는 신의 배려에 따라 젖으로 나그네들에게 힘을 줄 수 있는 염소와 암양들이 나돌아 다녔는데, 그들은 이 무시무시한 짐승과 그 위에 탄 낯선 사람들 모습을 보기 만 하면 달아나버렸다. 카라티스는 보통 사람들이 먹는 음 식이 필요하지 않았다. 예전에 그녀는 위를 정지 상태로 유 지하는 아편을 발명했기 때문이다. 그녀는 아편을 벙어리들에게도 나누어주었다.

어스름녘 알부파키는 갑자기 멈추더니 발을 구르기 시작했다. 알부파키의 습성을 알고 있던 카라티스는 그것을 보고 공동묘지가 가까웠다는 것을 알 수 있었다. 환한 달이 떠 있었다. 덕분에 긴 담과 그곳에 달린 커다란 문이 눈에 들어왔다. 문은 약간 열려 있었다. 문은 아주 높아서 알부파키도 편하게 들어갈 수 있었다. 자신들의 끝이 다가왔다고 짐작한 가엾은 안내자들은 카라티스에게 이제 좋은 기회가 왔으니 자신들을 매장해 달라고 겸손하게 간청했다. 그리고 말이 끝나자마자 그 자리에서 죽었다. 그들 나름의 독특한 재치를 갖추고 있던 네르케스와 카푸르는 이 가엾은 사람들의 어리석음에 대해서 신랄한 말을 아낌없이 퍼부으며 즐거워했다. 게다가 이 매장지, 그리고 그 안에 들어 있는 묘들보다 그들의 취향에 잘 맞는 것도 없었다. 산기슭에는 묘가 적어도 2천 기는 있었다. 자신의 계획을 행동에 옮기느라 여념이 없었던 카라티스는 매혹적이라고 생각하기는 했으나 발을 멈추고 그 광경을 감상할 여유는 없었다. 대신 그녀는 거기에서 어떤 이익을 얻을 수 있을지 모른다고 생각하여 혼잣말을 했다.

"이렇게 아름다운 묘지라면 구울들이 있을 게 틀림없어! 그들은 영리하기 짝이 없지. 내가 부주의하여 어리석은 안내자들이 죽도록 내버려두었으니, 구울들에게 방향을 물어보아야 되겠구나. 그들을 유인하려면 이 싱싱한 시체들을 마음껏 먹으라고 초대를 해야겠다."

그녀는 이런 지혜로운 독백을 내뱉은 뒤 네르케스와 카푸르에게 손짓을 하여, 손가락들로 이런 의미를 전달했다.

"가라. 가서 무덤을 두드리고 너희들이 좋아하는 노래를 힘차게 불러라."

검은 여인들은 여주인의 명령에 큰 기쁨을 느꼈다. 그들은 구울들의 무리로부터 즐거움을 얻을 것을 기대하며, 정복자처럼 의기양양하게 나아가 무덤들을 두드렸다. 그들이 계속 두드려대자, 땅속에서 왕왕 울리는 소리가 들렸다. 이윽고 땅바닥이 들썩이더니 둔덕이 생겼다. 나무꾼들의 시신이 내뿜기 시작한 악취를 맡기 위해 사방에서 구울들이 코를 내밀었다. 구울들은 하얀 대리석으로 만든 석관 앞에 모였다. 그곳에 카라티스가 그녀의 불쌍한 안내자들 시신 사이에 앉아 있었다. 왕모는 아주 정중하게 방문객들을 맞이하였다. 이윽고 식사가 끝나자 그들은 일 이야기를 시작했다. 카라티스는 곧 구울들로부터 그녀가 알고 싶어 하던 모든 것을 알아낼 수 있었다. 그녀는 지체하지 않고 여행을 계속할 준비를 했다. 구울들과 애정 어린 관계를 맺고 있던 검은 여인들은 손가락을 다 모아 카라티스에게 새벽까지만이라도 기다려 달라고 애원했다. 그러나 카라티스는 정숙하기 짝이 없었으며, 정사와 게으름을 질타하는 데에는 무자비했다. 그녀는 그들의 기원을 거부하고, 알부파키에 올라 그들에게도 당장 자리에 앉으라고 명령했다. 카라티스는 나흘 낮 나흘 밤을 쉬지 않고 길을 줄였다. 닷새째 되는 날 그녀는 험준한 산을 건너, 반쯤 타버린 숲을 지났다. 그리고 엿새째 되는 날, 아들의 육욕의 방랑을 사람들 눈으로부터 감추어주고 있는 아름다운 장막 앞에 이르렀다.

동틀 무렵이었다. 경비병들은 초소에 있었지만 부주의하게 코를 골고 있었다. 그러다 알부파키의 거친 발소리가 들리는 바람에 소스라치게 놀라며 잠을 깼다. 경비병들은 심연으로부터 올라온 유령이 무리를 지어 다가온다고 생각하고 모두 볼품없이 꽁지를 빼고 말았다. 그때 바텍은 누로니하르와 욕조에 들어가, 바바발루크의 이야기를 들으며 농담을 하고 있었다. 그러나 경비병들의 비명이 들리자 바텍은 잉어처럼 물을 박차고 튀어나왔다가, 카라티스의 모습을 보자 다시 물속으로 뛰어들고 말았다. 카라티스는 검은 여인들과 함께 알부파키를 타고 천막의 모슬린 차일과 베일을 뚫고 들어왔다. 갑자기 뜻밖의 사람들이 나타나자 누로니하르는 아직 자책감이 남아 있었기 때문에 천벌이 내리는 것이라고 상상하고, 애처로우면서도 요염한 모습으로 칼리프에게 매달렸다.

여전히 낙타에 앉아 있던 카라티스는 그녀의 정숙한 시야에 돌출한 광경에 분개하여 거품을 물었다. 그녀는 조금도 자제하거나 자비심을 보이지 않고 소리를 질렀다.

"이거 머리 둘에 다리가 넷인 것이 괴물 아니냐! 서로 엉켜 붙어 몸부림치는 이것이 무엇이란 말이냐? 너는 아담 이전의 술탄들의 홀을 잡는 것이 아니라 이 나긋나긋한 어린 나무나 붙잡고 있는 것이 부끄럽지 않으냐? 결국 네가 우리 지아우르의 양피지에 있는 조건들을 어긴 것이 이 지질한 년 때문이란 말이냐! 너는 이년한테 귀중한 시간을 낭비했다는 것이냐? 이것이 내가 너에게 가르친 지식의 열매란 말이냐! 이것이 네 여행의 끝이란 말이냐? 이 작은 바보의 팔에서 네 몸을 떼어내라. 내 앞에 있는 물에 그년을 빠뜨려 죽이고 즉시 내 가르침을 따르라."

바텍은 처음에는 분노가 치밀어 알부파키의 몸을 찢어발겨 그 안에 검은 여인들과 카라티스의 몸을 쑤셔넣으려 했다. 그러나 지아우르의 모습, 이스타카르의 궁전, 사브르, 부적이 동시에 번개처럼 눈앞을 스쳐가자 마음이 좀 차분해져서 어머니에게 공손하지만 단호한 목소리로 말했다.

"무서운 여인이여! 그대의 말에는 따르겠습니다. 그러나 누로니하르를 물에 빠뜨려 죽이지는 않겠습니다. 이 여인은 나에게 미라볼라의 사탕보다 더 달콤합니다. 게다가 이 여인은 홍옥을 사랑합니다. 특히 지암시드의 홍옥을 사랑합니다. 그 홍옥은 이 여인이 받기로 약속이 되어 있습니다. 따라서 이 여인은 우리와 함께 갈 것입니다. 나는 솔리만의 소파에서 이 여인과 함께 쉴 생각이기 때문입니다. 이제 나는 이 여인이 없으면 잠을 잘 수 없습니다."

"그렇게 하라!" 카라티스가 대답하고 나서 낙타에서 내리더니, 알부파키를 검은 여인들에게 맡겼다.

아직 칼리프를 잡은 손을 떼지 않았던 누로니하르는 용기를 얻기 시작했다. 그녀는 다정한 목소리로 그에게 말했다.

"제 영혼의 주권자여! 그대의 뜻이라면, 카프 너머 아프리트들의 땅이라도 그대를 따르렵니다. 그대를 위해서라면 창조된 생물들 가운데 제가 가장 무시무시한 것으로 여겨 피하던 시무르그의 둥지에 기어오르는 일이라도 마다하지 않겠습니다."

"그럼 이제 용기와 학문을 함께 갖춘 여자아이가 나타난 것인가!"

카라티스가 말했다. 물론 누로니하르는 두 가지를 다 갖추고 있었다. 그러나 그녀의 단호한 태도에도 불구하고 귀여운 굴첸루즈의 호의가, 그리고 그와 함께 했던 부드러운 애정의 나날이 아쉽게 느껴지는 것은 어쩔 수 없었다. 그녀는 심지어 눈물을 몇 방울 흘리기까지 했다. 칼리프는 그것을 놓치지 않았다. 누로니하르는 자기도 모르게 한숨을 쉬며 내뱉었다.

"슬퍼라! 나의 다정한 사촌이여! 그대는 어찌 되었는가!"

바텍은 이 말을 듣고 이마를 찌푸렸다. 카라티스는 그것이 무슨 말이냐고 물었다.

"이 여인은 어리석게도 자신을 사랑하는 아이, 슬픈 눈에 머릿결이 부드러운 애송이 때문에 한숨을 쉬는 것입니다."

칼리프의 대답에 카라티스는 귀가 솔깃해졌다.

"그 아이가 어디 있는데? 그 예쁜 아이가 어디 있는지 반드시 알아야겠다." 그리고는 목소리를 낮추어 덧붙였다. "떠나기 전에 지아우르의 마음을 다시 얻어볼 생각이야. 그에게 사랑의 첫 격정으로 가슴을 두근거리는 예쁘장한 아이의 심장보다 더 맛있는 것은 없겠지."

바텍은 목욕탕에서 나오면서 바바발루크에게 여자들과 더불어 그의 하렘의 가구들을 모은 다음 대열을 편성하라고 명령하고, 자신은 사흘 내에 행군할 준비를 완료하겠다고 다짐했다. 카라티스는 홀로 천막으로 물러났다. 천막에서 지아우르는 그녀를 격려하는 비전들로 그녀를 위로했다. 마침내 카라티스가 잠에서 깼을 때 그녀의 발치에는 네르케스와 카푸르가 있었다. 그들은 알부파키를 호수의 경계까지

데려가 그런대로 독이 있어 보이는 회색 이끼를 뜯게 하다
가, 그곳에서 탑 꼭대기의 저수지에 있는 것과 똑같이 생긴
파란 물고기들을 발견했다고 손짓으로 보고했다.

"아, 그래!" 카라티스가 말했다. "그 물고기들한테로 가
야겠구나. 이 물고기들은 약간만 손을 쓰면 말을 할 수 있게
되는 종류가 틀림없어. 그들이 나에게 그 귀여운 굴첸루즈,
내가 제물로 삼으려는 아이가 어디 있는지 말해줄 수도 있
을 게야."

그렇게 말한 뒤에 그녀는 가무잡잡한 수행원들과 함께 즉
시 길을 떠났다.

카라티스와 검은 여인들은 악한 일을 하는 데에는 시간을
지체하는 법이 없는지라 금세 호수에 도착했다. 그들은 그
곳에서 늘 가지고 다니는 마법의 약들을 태운 뒤, 발가벗고
물이 턱에 닿을 때까지 물속으로 들어갔다. 네르케스와 카
푸르는 횃불을 흔들었고, 카라티스는 귀에 거슬리는 주문을
읊었다. 물고기들은 동시에 물에서 머리를 내밀었다. 그들
이 지느러미를 퍼덕이는 바람에 거친 물살이 일었다. 마침
내 주문의 힘에 속박되었다는 것을 알게 된 물고기들은 가
엾은 입을 열어 말했다.

"아가미부터 꼬리까지 우리는 그대의 것입니다. 무엇을
알고자 하십니까?"

"물고기들아." 카라티스가 말했다. "너희의 반짝거리는 비늘을 향하여 탄원하노니, 지금 굴첸루즈가 어디 있는지 말해다오."

"바위 너머에 있습니다." 물고기들은 입을 모아 합창을 했다. "이것이면 만족하시겠습니까? 우리는 이렇게 입을 놀리는 것을 즐거워하지 않기 때문입니다."

"만족스럽구나." 왕모가 말했다. "너희들이 긴 대화에 익숙하지 않다는 것은 내가 몰랐구나. 물어볼 것들이 또 있기는 하지만, 너희들을 쉬게 해주마."

카라티스가 말을 마치자 물은 잠잠해졌고, 물고기들은 즉시 사라졌다.

자신의 계획을 생각하며 독기로 가슴이 부푼 카라티스는 서둘러 바위 위를 성큼성큼 걸어갔다. 곧 귀여운 굴첸루즈가 나무 그늘에서 잠들어 있는 것이 보였다. 두 난쟁이는 옆에서 아이를 지켜보며, 익숙한 기도문들을 되새기고 있었다. 이 작은 인간들은 선한 이슬람교도의 적이 다가올 때면 그것을 예언하는 능력이 있었으며, 그래서 카라티스가 올 것을 예상하고 있었다. 카라티스는 갑자기 발을 멈추더니 혼잣말을 했다.

"참으로 평온하게 귀여운 머리를 뉘고 있구나! 얼굴이 어쩌면 저리 창백하고 슬퍼 보이는지! 내가 바라던 바로 그 아이로구나!"

그러나 난쟁이들이 그녀에게 달려들어 있는 힘을 다해 얼굴을 할퀴는 바람에 이 유쾌한 독백은 중단되고 말았다. 네르케스와 카푸르가 바로 여주인을 구하러 나섰다. 검은 여인들이 난쟁이들을 마구 꼬집자, 두 난쟁이는 이 사악한 여인과 그녀의 모든 가족에게 가장 지독한 복수를 해줄 것을 무함마드에게 호소하며 죽고 말았다.

골짜기에서 벌어진 이 이상한 싸움에서 나는 소리 때문에 굴첸루즈는 잠에서 깼다. 그는 공포에 사로잡혀 제정신이 아니었기 때문에 충동적으로 튀어나가 바위로 덮인 비탈의 오래된 무화과나무 위로 기어올랐다. 굴첸루즈는 나무에서 바위의 꼭대기로 올라가, 단 한 번도 뒤를 돌아보지 않고 두 시간을 달렸다. 마침내 피로에 지친 굴첸루즈는 정신을 잃고 선한 늙은 지니의 품에 쓰러졌다. 이 지니는 아이들과 함께 있는 것을 좋아하여, 아이들을 보호하는 것을 자신의 유일한 일거리로 여기고 있었다. 얼마 전에도 버릇처럼 바람을 타고 빙빙 돌다가, 잔인한 지아우르가 무시무시한 골짜기 속에서 으르렁거리는 순간 달려들어 불경한 바텍이 지아우르의 탐욕을 채우려고 갖다 바쳤던 어린 희생자 쉰 명을 구출하기도 했다. 지니는 이들을 구름들보다 훨씬 더 높은 둥지들에 올려다놓고, 자신의 거처는 그 가운데 가장 널찍한 둥지로 정해놓았다. 로크*를 쫓아내고 빼앗은 둥지들이었다.

누구도 침범할 수 없는 이 피난처들은 흔들거리는 휘장으로 디브나 아프리트가 접근하는 것을 막았다. 휘장에는 금으로 알라와 예언자의 이름을 새겨놓았는데, 이 이름은 번개처럼 번쩍거렸다. 아직 자신의 가짜 죽음에 대해 모르고 있던 굴첸루즈는 자신이 영원한 평화의 저택에 이르렀다고 생각했다. 그는 아무런 걱정 없이 훌륭한 지니의 둥지에 함께 모여 있는 어린 친구들의 축하를 받았다. 아이들은 굴첸루즈의 잔잔한 이마와 아름다운 눈까풀에 서로 입을 맞추려고 경쟁을 했다. 굴첸루즈는 세상의 불안으로부터, 하렘의 박대로부터, 환관들의 야만적인 태도로부터, 여인들의 변덕으로부터 멀리 떨어진 이곳에서 자신의 영혼이 진정으로 기뻐하는 것을 찾았다. 이 평화로운 무리 속에서 그의 날·달·해는 쏜살같이 지나갔다. 굴첸루즈는 그의 벗들 못지않게 행복했다. 지니가 아이들에게 덧없는 부와 헛된 학문으로 짐을 지우는 대신 은혜를 베풀어 영원히 아이로 머물게 해주었기 때문이다.

---

* 아라비아 전설속의 커다란 새.

자신의 먹이를 놓치는 일에는 익숙하지 않았던 카라티스는 검은 여인들에게 수도 없이 욕을 퍼부었다. 아무 얻을 것이 없는 하찮은 난쟁이 둘을 꼬집어 죽이는 일을 즐길 것이 아니라 아이를 붙잡았어야 한다는 이야기였다. 카라티스는 투덜거리며 골짜기로 돌아갔다. 그곳에서 아들이 누로니하르의 품에서 아직 일어나지 않은 것을 보고 두 사람에게 화풀이를 했다. 그러나 내일이면 이스타카르로 떠난다는 생각, 지아우르의 알선으로 다름 아닌 에블리스*와 가까워질수 있다는 생각 때문에 마침내 분한 마음을 풀 수 있었다. 그러나 운명은 그녀의 계획을 받아들이지 않았다.

저녁에 카라티스는 딜라라와 이야기를 나누고 있었다. 카라티스는 꾀를 써서 딜라라를 왕의 일행에 넣었는데, 그녀의 취향은 카라티스의 취향과 거의 똑같았다. 그들이 이야기를 나누는 중에 바바발루크가 다가와서 사마라 쪽 하늘이 불이 붙은 것처럼 붉어 보여, 꼭 끔찍한 참사가 일어난 것같은 느낌이 든다고 알렸다. 카라티스는 즉시 천체 관측의와 마법 도구를 챙겨 행성들의 고도를 측정하고 계산을 해보았다. 그 결과 사마라에 커다란 반역이 일어났다는 것, 바

---

* 타락천사. 사탄.

텍의 동생 모타바켈이 백성의 형에 대한 오래된 반감을 이용하여 폭동을 선동하고 스스로 궁의 주인이 되었다는 것, 모라카나바드는 바텍에게 충성하던 소수의 사람들을 이끌고 큰 탑으로 들어갔다는 것, 그리고 그 탑은 모타바켈에게 포위당했다는 것을 알고 좌절감에 사로잡혔다.

"이럴 수가!" 카라티스가 소리쳤다. "그렇다면 내가 내 탑을 잃어야 한단 말이냐! 내 벙어리들을! 내 검은 여인들을! 내 미라들을! 무엇보다도 내가 일을 하기 위해 밤마다 즐겨 찾던 그 실험실을! 내 경솔한 아들이 이 모험을 완수할 것인지 아닌지도 알 수 없는 상태에서? 안 돼! 지금 멍청하게 당할 수는 없어! 즉시 모라카나바드를 지원하러 달려가겠다. 내 기술을 이용하면, 구름이 공격자들의 얼굴에 포도탄을 쏠 것이고, 그들의 머리에 시뻘겋게 달아오른 쇠창을 던질 것이다. 그들의 발밑에 굶주린 뱀과 전기가오리를 잔뜩 풀어놓을 것이다. 그들이 그런 폭발적인 공격에 얼마나 버틸 수 있는지 곧 보게 되겠지!"

말을 마친 카라티스는 멋진 카네이션 색의 천막 안에서 누로니하르와 조용히 연회를 열고 있던 아들에게로 달려갔다.

"너는 먹는 것밖에 모르는구나!" 카라티스가 소리쳤다. "내가 아니라면 이제 네 명령을 듣는 것은 그 맛있는 파이밖에 없을 것이다. 네 신실한 백성이 너에게 맹세했던 충성을

버렸다. 이제 네 동생 모타바켈이 얼룩말 언덕에서 통치를
하고 있어. 내가 탑에 약간이라도 준비해둔 것이 있으니 망
정이지, 그렇지 않다면 그의 퇴위는 무망한 일이 될 뻔했다.
자, 시간을 아끼기 위해 몇 마디만 해두겠다. 오늘 밤에 천
막을 거두어라. 그리고 전진해라. 가는 길에 다시 배회하지
않도록 조심해라. 네가 비록 양피지에 적힌 조건을 어겼다
고는 하나, 나는 아직 희망을 버리지 않았어. 다행히도 네가
에미르의 빵과 소금을 함께 먹은 뒤에 그의 딸을 유혹함으
로서 환대하는 사람의 권리를 침해했다는 것이 분명하기 때
문이야. 그런 행동은 지아우르에게는 기쁜 일일 수밖에 없
거든. 행군하는 길에 범죄를 더 저질러 그대를 널리 알릴 수
있으면 좋으련만. 그러면 모든 일이 잘 되어, 너는 의기양양
하게 솔리만의 궁에 입성할 수 있을 터인데. 잘 가라! 알부
파키와 검은 여인들이 문에서 기다리고 있구나."

칼리프는 아무 대답할 말이 없었다. 그는 어머니에게 여
행을 잘 하시라는 인사를 하고, 저녁을 마저 먹었다. 그리고
자정이 되자 천막을 거두었다. 나팔을 비롯하여 다른 군악
기들이 시끄러운 소리를 냈다. 그 가운데도 북이 가장 시끄
러운 소리를 냈을 것이다. 그 소리는 에미르와 수염이 허연
노인들의 울음소리를 삼킬 정도였다. 그들은 지금까지 지나
치게 눈물을 많이 흘려 몸의 바탕에 있는 수분이 마르는 바

람에, 눈은 쭈그러들어 눈구멍 속에 움푹 박혔고 머리카락은 뿌리가 뽑혀 떨어지고 있었다. 그 울음의 합창을 듣는 것이 고통스러웠던 누로니하르는 그 소리가 들리지 않는 곳으로 떠난다니 홀가분했다. 그녀는 왕의 가마를 타고 칼리프와 함께 갔다. 그들은 가마 안에서 곧 그들을 둘러쌀 광채를 상상하며 즐거움을 나누었다. 다른 여인들은 실의에 잠겨 슬픈 표정으로 가마 안에서 흔들리고 있었다. 다만 딜라라만은 이스타카르의 웅장한 테라스에서 불의 의식을 거행할 기쁨을 고대하며 자신을 위로했다.

　나흘 뒤 그들은 로크나바드의 널찍한 골짜기에 이르렀다. 계절은 봄이 한창 위력을 과시할 때여서, 활짝 꽃을 피운 아몬드 나무의 괴상한 가지들이 환상적인 격자무늬를 그리고 있었고, 히야신스와 노랑 수선화는 달콤한 향기를 내뿜고 있었다. 수많은 벌, 그리고 그에 못지않은 수의 산톤*들이 이곳에 거처를 정하고 있었다. 냇물 가장자리에는 벌집과 기도실이 번갈아 놓여 있었다. 그 사이로 뾰족하게 머리를 내민 삼나무의 짙은 녹색 때문에 그 정갈한 하얀색이 더욱 도드라져 보였다. 이 경건한 사람들은 꽃과 열매가 풍성한

---

* 이슬람교의 성자.

작은 밭을 일구는 것을 낙으로 삼았다. 이곳에서 나는 머스크멜론은 페르시아 전체에서 최고의 맛을 냈다. 산톤들은 때로는 초원 위에 흩어져 눈보다 흰 공작과 사파이어보다 더 파란 거북이에게 먹이를 주며 즐거워했다. 이들이 이런 일에 몰두하고 있을 때 왕의 행렬의 선발대가 외치기 시작했다.

"로크나바드의 거주자들이여! 깨끗한 물의 가장자리에 엎드려, 하늘이 그대들에게 그 영광의 빛 한 줄기를 보여주시는 것에 감사하라. 보라! 신자의 사령관이 가까이 왔노라."

기도실의 초에 불을 붙이고 흑단 책상에 코란을 펼치느라 부산을 떨던 가엾은 산톤들은 몸에서 거룩한 힘이 솟아오르는 것을 느끼며 벌집·대추야자·멜론을 바구니에 담아 칼리프를 마중하러 나갔다. 그러나 그들이 엄숙한 행렬을 이루어 발을 맞추어 앞으로 나가는 동안 말·낙타·근위대가 튤립을 비롯한 다른 꽃들 위를 제멋대로 돌아다니며 난장판을 만들어놓았다. 산톤들은 한쪽 눈은 칼리프와 하늘에 고정시켜 놓고도, 다른 쪽 눈으로는 그들 주위에 저질러진 파괴의 흔적에 안타까운 눈길을 던지지 않을 수 없었다. 누로니하르는 어렸을 때 살던 아늑하고 고즈넉한 곳을 기억나게 하는 풍광에 매혹되어 바텍에게 그곳에 잠시 머물자고 청했다. 그러나 칼리프는 지아우르가 기도실들도 거처로 여길지도 모른다고 생각하여, 선발대에게 어서 떠나라고 명령했다. 산톤들은 그 야만적인 명령에 공포에 사로잡혀 꼼짝도 못 하고 서 있다가 마침내 통곡을 터뜨렸다. 그러나 바텍은 그 마지못해 나오는 소리가 듣기 역겨워 환관들에게 그들을 걷어차 보이지 않는 곳으로 쫓아버리라고 명령했다. 이윽고 바텍은 누로니하르와 함께 가마에서 내렸다. 그들은 함께 초원을 산책했다. 그들은 꽃을 따고, 서로 수도 없이 농담을 주고받으며 즐거워하였다. 그러나 독실한 이슬람교도인 벌들은 그들의 귀한 주인인 산톤들이 받은 모욕에 복수를 하는 것이 자신들의 의무라고 생각하여, 효과적으로 복수를 하기 위해 열심히 모여들었기 때문에, 칼리프와 누로니하르는 그들을 맞아들일 천막이 준비된 것을 보고 기뻐서 얼른 그 안으로 들어갔다.

바바발루크는 공작과 멧비둘기를 보자 식량 징발관으로서의 의무를 다하여 박수를 받았다. 그는 수십 마리는 지체 없이 쇠꼬챙이에 꽂았으며, 또 같은 숫자는 프리카세*로 만들었다. 그들이 그렇게 푸짐하게 차려진 잔칫상에서 먹고 웃음을 터뜨리고 술을 마시고 마음대로 신성모독을 하는 동

---

* 얇은 고기 조각으로 스튜처럼 만든 요리.

안, 시라즈의 물라·셰이크·카디·이맘들*(그들은 산톤들을 만나지 못한 것 같았다)이 도착했다. 코란의 구절이 새겨진 띠로 만든 굴레를 쓴 당나귀들의 행렬이 앞장을 섰는데, 그들의 등에는 그 고장이 자랑하는 최고의 과일이 실려 있었다. 그들은 칼리프에게 공물을 바치며 자신들의 도시와 이슬람 사원들을 방문하는 영광을 베풀어주기를 청했다.

바텍이 말했다.

"나를 붙들 수 있다고 생각하지 마시오. 그대들의 선물은 내 겸허히 받아들이겠소. 그러나 간청하노니 내가 조용히 있게 해주시오. 나는 유혹에 저항하는 것을 별로 좋아하지 않기 때문이오. 그러니 물러가시오. 그러나 이렇게 존경받는 분들이 걸어서 돌아가는 것은 품위가 떨어지는 일인데, 그렇다고 그대들이 짐승을 잘 탈 수 있을 것 같지도 않으니, 내 환관들이 그대들을 당나귀에 묶어줄 것이오. 내 환관들은 예절을 아는 사람들이기 때문에, 그대들이 나에게 등을 돌리지 않도록 신경 써서 묶어줄 것이오."

이 대표들 가운데는 바텍을 바보로 여겨 자신의 의견을 거리낌 없이 말하는 셰이크들이 있었다. 바바발루크는 이들

---

* 각각 이슬람교의 율법학자, 족장, 지방장관, 예배인도자를 가리킨다.

은 두 겹의 밧줄로 묶었다. 그리고 당나귀들의 엉덩이에는 쐐기풀을 붙여 혼쭐을 내놓았기 때문에, 당나귀들은 모두 믿어지지 않을 정도로 바짝 긴장해서 출발을 했다. 당나귀들은 상상할 수 있는 가장 우스꽝스러운 방법으로 뛰쳐나가고, 걷어차고, 서로 충돌했다.

누로니하르와 칼리프는 누가 그런 불명예스러운 광경을 가장 즐기는 사람인가를 놓고 경쟁을 벌였다. 그들은 노인과 당나귀들이 물에 빠지는 모습을 보며 큰 소리로 웃음을 터뜨렸다. 한 노인은 다리가 부러졌고, 다른 노인은 어깨뼈가 어긋났으며, 또 한 노인은 이가 부러졌다. 나머지 사람들은 더 심한 고통을 겪었다.

칼리프의 원정대는 새로운 사절단의 방문을 받는 일 없이 로크나바드에서 이틀을 더 논 뒤에 출발했다. 오른쪽은 시라즈였고, 앞에는 커다란 평원이 있었다. 그곳에서 멀리 지평선에 이스타카르 산맥의 시커먼 꼭대기들이 보였다.

그 광경을 보자 칼리프와 누로니하르는 환희를 억누를 수가 없었다. 그들이 가마에서 땅으로 뛰어내려 미친 듯이 소리를 질러대는 바람에 모두들 깜짝 놀랐다. 그들은 서로 큰 소리로 질문을 던졌다.

"우리가 광채가 나는 빛의 궁전에 다가가고 있는 것 아닌가? 셰다드의 정원보다 더 아름답다고 하는 정원에 다가가고 있는 것 아닌가?"

얼빠진 인간들! 그들은 가장 높은 분의 뜻을 헤아리지 못한 채 이렇게 엉뚱한 추측에 빠져들고 있었던 것이다.

선량한 지니들은 바텍에 대한 감독을 완전히 포기하지는 않았기 때문에 일곱 번째 하늘에 있는 무함마드에게 가서 말했다.

"자비로운 예언자여! 그대의 대리인을 향하여 그대의 선한 두 팔을 뻗으소서. 그냥 놓아두면 그는 그의 적들인 디브들이 그를 파괴하려고 준비해 놓은 덫에 걸려 헤어나오지 못할 것입니다. 지아우르는 혐오스러운 불의 궁전에서 그의 도착을 기다리고 있습니다. 그곳에 한번 발을 들여놓으면 그는 파멸을 피할 길이 없습니다."

무함마드가 분개한 목소리로 대답했다.

"그는 그냥 내버려두는 것이 마땅하나, 혹시 한 번만 더 노력하면 그가 파멸의 길에서 벗어날 수 있을지 확인해보는 것은 허락하겠다."

이 인정 많은 지니들 가운데 하나가 곧 그 지역의 모든 데르비시나 산톤보다 신앙심이 더 깊은 목자의 모습을 하고 산비탈의 하얀 양떼 곁에 자리를 잡았다. 그리고 플루트를 꺼내 흥분한 영혼을 가라앉히고, 자책감을 일깨우고, 모든 경박한 공상을 멀리 쫓아버릴 수 있는 감동적인 곡들을 불기 시작했다. 이 강력한 힘을 발휘하는 소리에 태양은 음울한 구름 밑으로 모습을 감추었고, 원래 수정보다 더 맑았던 두 개의 작은 호수 물은 핏빛을 띠었다. 칼리프의 당당한 행렬 전체가 어느새 산비탈 쪽으로 움직이고 있었다. 결국 그들은 모두 멈추어 서서 부끄러워하는 표정으로 눈을 내리깔았다. 각자 자신이 저지른 악을 생각하며 스스로를 책망하고 있었다. 딜라라는 가슴이 두근거렸다. 환관의 우두머리는 회개의 한숨을 내쉬며, 자신의 만족을 위하여 자주 괴롭혔던 여자들의 용서를 빌었다.

바텍과 누로니하르는 가마 안에서 얼굴이 창백해졌다. 그들은 사나운 표정으로 서로를 응시하며 자신을 책망했다. 칼리프는 수많은 죄와 불경한 야심에 찬 수많은 계획을 떠올렸다. 누로니하르는 가족의 파탄과 굴첸루즈의 파멸을 떠올렸다. 누로니하르는 그 운명의 음악에서 죽어가는 아버지의 신음이 들린다고 확신했다. 바텍은 지아우르에게 제물로 바친 쉰 명의 아이들의 흐느낌이 들린다고 믿었다. 이런 복잡한 고뇌 속에서 그들은 자신들이 어느새 목자 쪽으로 끌려가고 있다는 것을 알았다. 목자의 표정이 워낙 당당하여 바텍은 처음으로 경외감을 느꼈다. 누로니하르는 두 손으로 얼굴을 가리고 있었다. 음악이 중단되었다. 지니는 칼리프를 향하여 말했다.

"기만당한 군주여! 섭리에 의해 헤아릴 수 없이 많은 백성을 돌보는 일을 맡은 자여! 그대는 이런 식으로 그대의 사명을 이루려는가? 그대의 죄가 이미 완성되었기에, 그대는 이제 그대가 받을 벌을 향하여 서둘러 가는 것인가? 그대는 이 산들을 넘어가면 에블리스와 그의 저주받은 디브들이 다스리는 지옥의 제국이 있다는 것을 알고 있다. 그런데도 그대는 악한 영의 유혹을 받아 그들에게 굴복하러 나아가려는가! 지금이 그대에게 허용된 마지막 은총의 순간이다. 그대의 무서운 목적을 버려라. 돌아가라. 누로니하르를 생명의 불꽃이 몇 개 남지 않은 아버지에게 돌려주어라. 그대의 탑과 그 안에 든 모든 혐오스러운 것들을 부수어라. 카라티스의 말에 귀를 기울이지 말라. 그대의 백성들에게 의로움을 보여라. 예언자와 성직자들을 존경하라. 모범적인 생활로 그대의 불경한 행동들을 갚아라. 호색과 방종에 그대의 날들을 낭비하지 말고, 그대의 조상들의 무덤에 가서 그대의 죄들을 회개하라. 태양을 가리고 있는 구름들을 보라. 태양이 그 광채를 회복할 때까지 그대의 마음이 변하지 않는다면, 그대에게 주어진 자비의 시간은 영원히 지나가버릴 것이다."

바텍은 공포에 짓눌려 목자의 발 앞에 엎드릴 지경이었다. 바텍은 목자가 인간보다 우월한 본성을 지닌 존재라는 것을 인식했다. 그러나 그의 자존심은 끝내 무너지지 않아, 바텍은 오만하게 머리를 쳐들고 무시무시한 눈길로 목자를 흘끗 보며 말했다.

"그대가 누구이건 간에, 그 쓸모없는 훈계를 집어치우라. 그대는 나를 속이려 하고 있거나, 아니면 스스로 속고 있구나. 그대의 말대로 내가 한 짓이 그렇게 큰 죄라면, 나에게는 단 한순간의 은총의 시간도 남아 있지 않을 것이다. 나는 그대와 동등한 자들이라 해도 떨게 만들 권세를 얻기 위하여 피의 바다를 건넜다. 항구가 눈앞에 보이는데 내가 물러날 것이라고 생각하지 말라. 그리고 나의 목숨보다, 그대의 자비보다 소중한 저 여인을 포기할 것이라고 생각하지도 말라. 태양이 나타나게 하라! 태양이 내 앞길을 비추게 하라! 그 길이 어디에서 끝나건 상관없다."

이 말을 듣자 지니조차 몸이 떨렸다. 바텍은 누로니하르의 품으로 뛰어들며, 말들을 다시 길로 끌고 나가라고 명령했다.

그 명령을 수행하는 데는 아무런 어려움이 없었다. 지니가 끌어당기는 힘이 중단되었기 때문이다. 태양은 다시 찬란하게 빛났고, 목자는 비참한 비명을 지르며 사라졌다.

그러나 지니의 음악은 바텍의 수행원들의 마음속에 운명을 좌우할 만큼 강한 인상을 남겼다. 그들은 당황한 표정으로 서로를 마주보았다. 밤이 다가올 무렵 그들 대부분은 달아나버렸다. 그 수많은 수행원 가운데 환관의 우두머리, 우상을 숭배하는 노예 몇 명, 딜라라와 다른 여자 몇 명만 남았다. 다른 여자들 역시 마기의 종교*의 열렬한 신자들이었다.

그러나 어둠의 영들이 따를 법을 정하겠다는 야망에 불타오르던 칼리프는 수행원들의 이러한 직무 유기에도 당황하지 않았다. 피가 격하게 끓어오르는 바람에 잠도 잘 수 없었다. 그는 이전처럼 야영을 하지도 않았다. 누로니하르는 칼리프보다 더 안달하고 있었기 때문에 행군을 서두르자고 졸랐고, 다른 모든 생각을 흩어버리기 위해 수도 없이 그를 포옹했다. 그녀는 이미 자신이 빌키스†보다 더 강하다고 상상했으며, 지니들이 자신의 보좌 앞에 엎드리는 모습을 그려보았다. 그들은 밤에도 달빛을 받으며 전진하여, 마침내 골짜기의 입구를 이루는 우뚝 솟은 바위 두 개를 보게 되었다. 골짜기의 가장 깊은 곳에는 이스타카르의 거대한 폐허가 자리 잡고 있었다. 산 위에 우뚝 솟은 여러 왕의 묘 앞면이 희미하게 빛을 발하고 있었는데, 밤의 그림자들 때문에 그 광경이 더욱 무시무시하게 느껴졌다. 그들은 거의 사람이 살

---

* 조로아스터교를 가리킨다. 마기는 조로아스터교의 사제.
† 시바의 여왕의 아라비아식 이름.

지 않는 마을 둘을 통과했다. 남아 있는 주민이라고는 허약한 노인 몇 명뿐이었다. 그들은 말과 가마들을 보고 무릎 꿇으며 소리쳤다.

"오 맙소사! 그렇다면 우리를 여섯 달 동안 괴롭힌 것이 이 환영(幻影)들이었던가! 슬퍼라! 이 유령들이 무서워서, 산 밑에서 들리던 소리가 무서워서, 마을 사람들이 우리를 악한 귀신들의 손에 남겨두고 달아난 것이로구나!"

칼리프는 이러한 탄식들을 불길한 조짐으로 여겼기 때문에 가엾은 노인들의 몸을 밟고 지나가버렸다. 그리하여 칼리프 일행은 마침내 검은 대리석 테라스의 발치에 이르렀다. 칼리프는 그곳에서 가마를 내리고, 누로니하르가 내리는 것도 거들어주었다. 그들은 두근거리는 가슴을 안고 미친 듯이 주위를 둘러보았다. 그리고 불안하게 몸을 떨며 지아우르가 다가오기를 기다렸다. 그러나 어디에서도 인기척이 느껴지지 않았다.

죽음 같은 고요가 산과 공기를 가득 채우고 있었다. 테라스로부터 구름에까지 이르는 높은 기둥들은 달빛을 받아 거대한 단 위에 부푼 그림자를 드리우고 있었다. 숫자를 헤아릴 수 없는 거무스름한 감시탑들 위에는 지붕이 없었다. 지상 어디에도 기록되지 않은 건축 양식으로 이루어진 그 기둥머리들은 밤의 새를 위한 피난처 역할을 했는데, 새들은 낯선 방문객들이 다가오는 것에 깜짝 놀라 깍깍거리며 달아나버렸다. 환관장은 두려움에 몸을 떨며 바텍에게 불을 켤 것을 간청했다.

"안 돼!" 바텍이 대답했다. "그런 사소한 일을 생각할 여유가 없다. 그대가 있는 곳에 서서 나의 명령을 기다려라."

바텍은 그렇게 말하고 나서 누로니하르에게 손을 내밀었다. 그들은 거대한 층계를 올라 테라스에 이르렀다. 테라스에는 네모난 대리석들이 깔려 있어, 마치 넓은 웅덩이에 잔잔하게 물이 고여 있는 것처럼 보였다. 그 표면 위에서는 풀잎 하나 감히 자라날 것 같지 않았다. 오른쪽에는 우뚝 솟은 감시탑들이 늘어서 있었고, 그 뒤로 거대한 궁궐의 폐허가 보였다. 궁의 벽에는 다양한 인물들이 돋을새김되어 있었다. 앞에는 표범과 그리핀* 등 네 생물이 거대한 위용을 드러내고 있어, 비록 돌로 만들어지기는 했지만 공포를 자아내기에 모자람이 없었다. 이 주변을 그득하게 채우며 흘러드는 달빛 덕분에 이 생물들 옆에 있는 문자들까지 분명하게 보였다. 이 문자들은 지아우르의 사브르들 위에 있던 문자들과 비슷했으며, 그 문자들과 마찬가지로 매 순간 달라

---

* 그리스 신화에 나오는 독수리 머리와 날개에 사자 몸을 가진 괴수.

졌다. 이 문자들은 잠시 흔들리더니 마침내 아랍 문자로 고정이 되어 칼리프에게 다음과 같은 말을 전달했다.

"바텍! 그대는 양피지의 조건을 어겼으므로 돌려보내는 것이 마땅하나, 그대의 동반자에 대한 호의로, 그리고 그대가 이것을 얻기 위해 한 일에 대한 보답으로, 에블리스는 궁전의 문을 여는 것을 허락하였으니, 지하의 불이 그대를 받아들여 그 불을 숭배하는 자들의 수를 늘릴 것이다."

바텍이 그 글을 읽자마자 테라스를 받치던 산이 흔들리기 시작했다. 감시탑들이 그들 머리 위로 곤두박질칠 것 같았다. 바위가 하품을 하듯이 입을 떡 벌렸다. 그러자 그 안에서 반들거리는 대리석 층계가 나타났다. 층계는 심연으로 뻗어 내려가는 것처럼 보였다. 계단마다 커다란 횃불이 두 개씩 세워져 있었다. 누로니하르가 그녀의 계시에서 본 그대로였다. 장뇌(樟腦)가 섞인 증기가 올라와 둥근 천장에 구름을 만들었다.

그것을 보고 파크레딘의 딸은 두려워하기는커녕 새로운 용기를 얻었다. 그녀는 달에, 그리고 하늘에 작별을 고하자마자 망설임 없이 순수한 대기를 버리고 지옥의 증기 속으로 뛰어들었다. 이 불경한 인간들의 걸음걸이는 오만했고, 결의에 차 보였다. 그들은 내려가다가 횃불의 눈부신 빛에 드러난 서로의 모습을 바라보며 감탄했다. 둘 다 찬란해 보였기 때문에, 이미 영적인 존재가 된 듯한 느낌이 들었다. 유일하게 당황했던 점은 그들이 아직 층계의 밑바닥에 이르지 못했다는 사실이었다. 그들은 뜨거운 충동을 이기지 못하고 서둘러 아래로 내려갔다. 그러나 발걸음이 무척 빨라지는 느낌이라서, 걷는 것이 아니라 절벽에서 떨어지는 것 같았다. 그들은 마침내 흑단으로 만든 거대한 문 앞에 이르렀다. 칼리프는 금세 그 문을 알아보았다. 그곳에서 지아우르가 열쇠를 손에 쥐고 기다리고 있었다.

"어서 오라!"

그가 무시무시한 웃음을 지으며 그들에게 말했다.

"무함마드와 그의 모든 하인들의 방해에도 불구하고 드디어 도착했구나. 이제 두 사람은 궁 안에서 자신의 자리를 차지할 자격을 당당하게 갖추었으니, 안으로 안내하도록 하겠다."

그는 이런 말을 하면서 에나멜 칠을 해놓은 자물쇠를 열쇠로 땄다. 즉시 한여름의 천둥보다 훨씬 큰 소리와 함께 문이 활짝 열렸다. 그들이 안으로 들어서자 문은 다시 급하게 닫혔다.

칼리프와 누로니하르는 놀란 눈으로 서로를 보았다. 그들이 들어선 곳은 둥근 천장으로 덮여 있기는 했지만 매우 널찍하고 높았기 때문이다. 처음에 그들은 가없이 넓은 평원에 들어와 있는 줄 알았다. 그러나 그들의 눈은 마침내 그들을 둘러싸고 있는 사물들의 거대한 크기에 점차 익숙해졌다. 그들은 멀리까지 시야를 넓혔다. 세로로 줄을 지어 서 있는 기둥과 아치가 보였다. 기둥들은 점차 작아지더니, 마침내 바다를 향하여 비스듬하게 마지막 빛을 던지는 태양 같은 하나의 점으로 끝이 났다. 금가루와 사프란이 뿌려진 보도에서는 뭐라고 표현할 수 없는 묘한 냄새가 나서, 그들은 거의 정신을 잃을 지경이었다. 그러나 그들은 계속 앞으로 나아갔다. 용연향과 알로에가 타오르는 향로들이 수도 없이 눈에 띄었다. 몇 개 기둥 사이에는 탁자들이 놓여 있었고, 그 위에는 음식이 푸짐하게 차려져 있었다. 수정으로 만든 단지에는 온갖 종류의 포도주들이 담겨 있었다. 남녀 지니와 다른 환상적인 영들이 밑으로부터 들려오는 음악에 맞추어 음탕한 춤을 추고 있었다.

이 거대한 공간 한가운데로 수많은 사람이 끊임없이 지나가고 있었다. 모두 가슴에 오른손을 얹고 주위의 어떤 것에도 눈길을 주지 않았다. 그들은 모두 죽은 사람처럼 창백한 납빛이었다. 눈구멍 속으로 움푹 들어간 그들의 눈은 밤이면 무덤가에서 빛을 발하는 도깨비불을 닮았다. 어떤 사람들은 공상에 잠긴 채 천천히 걸어갔다. 어떤 사람들은 괴로움에 사로잡혀 독화살을 맞은 호랑이처럼 사납게 날뛰며 울부짖었다. 또 어떤 사람들은 격분하여 이를 갈며 어떤 사나운 미치광이보다 심하게 거품을 토해냈다. 그들은 모두 서로를 피하고 있었다. 이루 헤아릴 수 없이 많은 사람에 둘러싸여 있었지만, 각자 마치 아무도 발 디딘 적 없는 사막에 혼자 있는 것처럼 나머지 사람들에게는 관심을 가지지 않고 제멋대로 돌아다녔다.

바텍과 누로니하르는 이 비참한 광경을 보고 공포에 사로잡혀 지아우르에게 이런 모습이 무슨 의미냐고 물었다. 왜 이 걸어다니는 유령들은 가슴에서 손을 떼지 않는 것인가?

"한꺼번에 너무 많은 것을 알려 하지 말라." 지아우르가 무뚝뚝하게 대꾸했다. "곧 모든 것을 알게 될 것이다. 어서 걸음을 재촉하여 에블리스를 만나도록 하자."

그들은 사람들을 헤치고 계속 앞으로 나아갔다. 처음에는 자신감에 넘쳤지만, 이제는 오른쪽과 왼쪽으로 열려 있는 여러 방과 회랑들을 주의 깊게 살펴볼 만큼 침착하지 못했다. 방과 회랑마다 횃불과 화로가 타오르고 있었는데, 그 불길들은 피라미드 형태를 이루며 천장 중심까지 이르고 있었다. 마침내 그들은 선홍색과 황금색 수가 놓인 긴 장막들이 사방에 제멋대로 드리운 곳에 이르렀다. 장중하면서도 왠지 혼란스러운 느낌을 주는 광경이었다. 이곳에서는 합창과 무용은 들리지도 보이지도 않았다. 빛도 멀리서 희미하게 비출 뿐이었다.

　잠시 후 바텍과 누로니하르는 장막 사이로 반짝이는 빛을 보고, 표범 가죽이 둘레에 걸린 거대한 천막으로 들어갔다. 흐르는 물과 같은 턱수염을 기른 수많은 노인, 갑옷을 차려 입은 아프리트들이 높은 단으로 오르는 비탈 앞에 엎드려 있었다. 그 꼭대기의 둥그런 불의 공 위에 무시무시한 에블리스가 앉아 있었다. 그의 몸은 젊었으나, 고상하고 단정한 이목구비는 유해한 증기들에 더럽혀진 것처럼 보였다. 커다란 눈에는 자부심과 절망이 동시에 어려 있었다. 넘실거리는 머리카락에는 빛의 천사 시절의 흔적이 약간 남아 있었다. 벼락에 부서졌던 손으로는 쇠로 만든 홀을 휘두르고 있었으며, 이것 때문에 괴물 우란바드, 아프리트들, 심연의 모든 영들이 벌벌 떨었다. 에블리스의 모습을 보자 칼리프는 가슴이 덜컥 내려앉았다. 그는 앞에 쓰러져 엎드렸다. 그러나 누로니하르는 매우 당황하면서도, 에블리스의 실제 모습에 감탄하지 않을 수 없었다. 그녀는 엄청난 거인을 보게 될 거라고 생각하고 있었기 때문이다. 에블리스는 상상했던 것보다 부드러운, 그러나 영혼을 꿰뚫고 그것을 가장 깊은 우울로 가득 채우는 목소리로 말했다.

　"흙으로 만든 피조물들이여, 너희들을 나의 제국에 받아들이노라. 이제 너희들은 나의 숭배자들 무리에 속하게 되었다. 이 궁이 주는 모든 것을 즐기도록 하라. 아담 이전 술탄들의 보물, 그들의 번쩍거리는 사브르, 그리고 디브들에게 이곳과 통하는 카프 산 밑의 넓은 지하궁을 열도록 명령하는 그 부적들. 네 호기심이 비록 채울 수 없다 하나, 그곳에 가면 충족되고도 남을 것이다. 너희는 아헤르만의 요새와 아르겐크의 방들에 들어갈 수 있는 특권을 가지게 될 터인즉, 아르겐크의 방에는 지능을 가진 모든 피조물이 전시되어 있다. 더불어 너희들이 인류의 아버지라고 부르는 그 하찮은 존재가 창조되기 이전에 이 땅에 살았던 다양한 동물들도 전시되어 있다."

바텍과 누로니하르는 이 장황한 이야기에 고무되어 기운이 솟는 것을 느꼈다. 그들은 애가 닳아 지아우르에게 말했다.

"어서 우리를 그 부적들이 있는 곳으로 데려다다오."

"가자." 사악한 디브는 악의를 품고 싱긋 웃으며 대꾸했다. "가서 나의 군주께서 약속하신 모든 것을 소유하고, 또 그 이상도 누리도록 하라."

지아우르는 그들을 데리고 천막과 맞붙은 긴 통로로 들어섰다. 그는 두 사람보다 앞서서 서둘러 걸어갔다. 그의 제자들은 주저 없이 그 뒤를 성큼성큼 따라갔다. 그들은 마침내 커다란 방에 이르렀다. 천장은 높은 돔이었다. 주위에 청동으로 만든 50개의 문이 있었는데, 모두 쇠로 만든 자물쇠로 잠겨 있었다. 무덤 같은 어둠이 전체를 덮고 있었다. 부패하지 않는 삼목으로 만든 두 개의 침대 위에 아담 이전의 왕들이 살 없는 형체들로 누워 있었다. 그들은 온 땅을 다스리던 군주들이었다. 그들에게는 지금도 자신들의 비참한 상황을 의식할 만한 생명이 붙어 있었다. 눈도 여전히 우울하게 움직이고 있었다. 그들은 깊이 낙담한 표정으로 서로를 물끄러미 바라보았다. 각자 가슴에 얹은 오른손은 조금도 움직이지 않았다. 그들의 발치에는 그들 각자 치세한 사건들, 그들의 권세, 그들의 오만, 그들의 범죄가 새겨져 있었다. 솔리만 다키, 그리고 지안 벤 지안이라는 이름의 솔리만은 디브들을 카프의 어두운 동굴들 안에 사슬로 묶어놓은 뒤에 오만방자해져, 최고의 신을 의심할 정도가 되었다. 이 솔리만들은 높은 위엄을 유지했으나, 솔리만 벤 다우드의 탁월함에 비할 바는 아니었다.

지혜로 아주 유명한 이 왕은 가장 높은 단 위에 있었다. 그것은 돔 바로 아래이기도 했다. 그는 나머지 왕들보다 활력이 더 많이 남은 것 같았다. 그는 이따금씩 힘겹게 깊은 한숨을 내쉬었다. 그 역시 다른 솔리만들과 마찬가지로 심장에 오른손을 얹고 있었지만 표정은 차분했다. 어떤 문의 쇠창살 사이로 어른거리는 커다란 폭포가 침울하게 으르렁대는 소리에 귀를 기울이고 있는 것 같기도 했다. 이것이 이 우울한 저택의 적막을 깨는 유일한 소리였다. 높은 단 주위에는 놋쇠로 만든 단지들이 놓여 있었다.

"이 신비한 단지들의 덮개를 벗겨라." 지아우르가 바텍에게 말했다. "그리고 이 모든 청동 문들을 단번에 부수어버릴 부적들을 사용하라. 그대는 저 안에 담긴 보물들의 주인이 될 뿐 아니라, 그 보물들을 지키는 영들의 주인도 될 것이다."

이 방에서 마주친 불길한 광경 때문에 완전히 혼란에 빠진 칼리프는 비틀거리며 단지들 쪽으로 다가갔다. 공포 때문에 당장이라도 쓰러질 것 같은데, 솔리만의 신음이 들렸다. 그가 앞으로 나아가자 예언자의 납빛 입술에서 이런 말들이 새어나왔다.

"나는 평생 당당한 왕좌에 앉았다. 내 오른편에는 금으로 만든 의자 만 이천 개를 두었으며, 그곳에 앉은 족장과 예언자들이 나의 가르침을 들었다. 왼편에는 은으로 만든 의자 만 이천 개에 앉은 현자와 박사들이 내가 결정을 내릴 때 도움을 주었다. 이런 식으로 나는 헤아릴 수 없이 많은 사람들에게 정의를 시행했으며, 내 머리 위에서 공중의 새들은 햇살을 가리기 위한 차일 노릇을 해주었다. 내 백성은 번창했다. 나의 궁은 구름까지 솟았다. 나는 가장 높은 이를 모시는 신전을 세웠고, 그것은 세상의 경이가 되었다. 그러나 나는 비천하게도 나를 낮추어 여인들의 사랑의 유혹을 받았으며, 지상의 것들로 충족될 수 없는 호기심을 느꼈다. 나는 아헤르만과 파라오의 딸의 자문에 귀를 기울였고, 불과 일월성신을 숭배했다. 나는 거룩한 도시를 버리고, 지니들에게 이스타카르의 거대한 궁을 세우라고 명령했다. 그리고 감시탑들이 늘어선 테라스를 만들게 하여, 탑 하나하나를 별에게 바쳤다. 그곳에서 나는 한동안 극치에 이른 영광과 쾌락을 즐겼다. 인간들만이 아니라 초자연적인 존재들도 나의 의지에 굴복했다. 나는 내 주위의 이 불행한 군주들이 이미 생각했던 것처럼, 하늘의 복수는 잠들었다고 생각했다. 그러나 그 즉시 벼락이 내가 지은 것들을 날려버리고, 나를 이곳에 떨어뜨렸다. 그러나 나는 이곳에서도 다른 거주자들처럼 완전히 희망 없이 지내지는 않는다. 빛의 천사가 내 어린 시절의 신앙심을 참작하여, 저 폭포의 물줄기가 영원히 멎을 때 나의 근심도 끝이 날 것이라고 계시해주었기 때문이다. 그러나 그 때까지 나는 고통, 이루 말할 수 없는 고통 속에 지내야 하느니! 아, 무자비한 불이 내 심장을 태우고 있구나!"

솔리만은 마지막에 그렇게 소리를 지르고 나서 탄원의 표시로 두 손을 하늘로 들어 올렸다. 칼리프는 수정처럼 투명한 그의 가슴속 심장이 불길에 싸여 있는 것을 보았다. 누로니하르는 이 무시무시한 광경에 망연자실하여 바텍의 품으로 쓰러졌고, 바텍은 발작적으로 흐느끼며 소리쳤다.

"오, 지아우르여! 그대는 우리를 어디로 데려온 것인가! 우리가 떠나도록 허락하라. 그대가 약속한 모든 것은 포기하겠다. 오, 무함마드여! 이제 자비는 남지 않은 것입니까!"

"없지! 없어!" 악한 디브가 대꾸했다. "알아두어라, 가엾은 군주여! 그대는 이제 복수와 절망의 거처에 와 있도다. 그대의 심장에도 에블리스의 다른 숭배자들의 심장처럼 불이 붙을 것이다. 그 운명의 날 전에 그대에게 며칠이 할당되었다. 그 며칠은 그대 뜻대로 하라. 금덩어리가 쌓인 곳에 누워도 좋다. 지옥의 영들도 마음대로 부려라. 그대 좋을 대로 이 광대한 지하 세계를 돌아다녀라. 어떤 것도 그대를 막지 않을 것이다. 나는 내 임무를 완수했다. 이제 그대 일은 그대가 알아서 하라."

지아우르는 그 말과 함께 사라졌다.

칼리프와 누로니하르는 지금까지 느껴보지 못했던 절망적인 괴로움을 느꼈다. 눈물을 흘릴 수도 없었다. 몸도 가눌 수 없었다. 마침내 둘은 낙담에 빠져 서로 손을 잡고, 비틀거리며 이 운명의 방을 나섰다. 어디로 가는지 관심도 없었다. 그들이 다가갈 때마다 모든 문이 열렸다. 디브들은 그들 앞에 엎드렸다. 그들 앞의 모든 보물 창고가 드러났다. 그러나 이제 호기심, 오만, 탐욕이 그들의 마음을 잡아당기지 않았다. 그들은 아무런 느낌 없이 지니들의 합창을 듣고, 그들을 대접하기 위해 차려진 거창한 잔칫상을 보았다. 그들은 이 방 저 방, 이 복도 저 복도를 계속 배회했다. 어디를 가나 끝도 없고 한계도 없었다. 어디를 가나 똑같은 암흑이 낮게 깔려 있었다. 장식 역시 똑같이 무시무시하면서도 웅장했다. 어디를 가나 사람들이 안식과 위로를 찾아 어슬렁거리고 있었다. 그러나 그들은 원하는 것을 찾을 수가 없었다. 모두가 심장이 불길에 싸여 고통을 받고 있었기 때문이다. 어떤 이들은 말없이 표정으로 자신의 죄의 짝을 질책하고 있었다. 두 사람은 그들을 피했다. 그들로부터 물러나, 무시무시한 긴장 속에서 그들이 서로에게 공포의 대상이 될 순간을 기다렸다.

"어머!" 누로니하르가 소리쳤다. "제가 그대의 손으로부터 제 손을 잡아 뺄 때가 올까요!"

"아!" 바텍이 말했다. "나의 눈이 그대의 눈에서 즐거움을 마실 시간이 오래 남지 않은 것인가! 우리가 서로에게서 환희를 느꼈던 순간들을 돌이키며 두려움에 떨게 될 것인가! 나를 이리로 데려온 것은 그대가 아니오. 카라티스가 어린 나를 나쁜 길로 이끄는데 이용한 그 가르침들, 그것이 나의 파멸의 유일한 원인이오! 카라티스도 마땅히 자기 몫의 파멸을 겪어야 하오!"

바텍은 이런 괴로운 이야기를 내뱉고 난 뒤 화로를 흔들고 있던 아프리트를 불러, 사마라의 궁으로부터 왕모 카라티스를 데려오라고 명령했다.

칼리프와 누로니하르는 계속 말 없는 무리 사이를 걸어다녔다. 언제부턴가 복도 끝에서 목소리들이 들렸다. 그들은 그 목소리들이 그들과 마찬가지로 마지막 운명을 기다리는 불행한 사람들로부터 나온 것이라 생각하고 그 소리를 쫓아갔다. 그 목소리들은 조그만 정사각형 방에서 흘러나왔다. 방으로 가보니 잘생긴 젊은 남자 네 명과 예쁜 여자 한 명이 소파에 앉아 있었다. 그들은 하나뿐인 등불 빛에 의지하여 우울한 대화를 나누고 있었다. 모두 침울하고 쓸쓸한 표정이었다. 그들 가운데 둘은 아주 다정하게 서로를 끌어안고 있었다. 그들은 칼리프와 파크레딘의 딸이 들어오는 것을 보고 일어나 인사를 하더니 앉을 자리를 만들어주었다. 이윽고 그들 가운데 중심으로 보이는 사람이 바텍에게 말했다.

"나그네들이여! 아직 심장에 손을 얹지 않은 것을 보니 우리와 마찬가지로 대기 상태에 있는 것이 틀림없군요. 두 분이 우리 모두가 받게 될 벌을 받기 전에 주어진 과도기를 보내기 위해 이곳에 온 것이라면, 부디 이 운명의 장소까지

오게 된 과정을 이야기해 주시기 바랍니다. 그러면 우리도 우리 이야기를 들려드릴 터인데, 그 이야기는 들어볼 만한 것입니다. 우리에게는 회개가 허락되지 않지만, 우리 죄를 그 근원까지 따라가보는 것이 우리 같은 가엾은 사람들에게 어울리는 유일한 일 아니겠습니까!"

칼리프와 누로니하르는 그 제안에 동의했다. 바텍은 눈물과 탄식을 섞어가며 그동안 일어난 모든 일을 진지하게 되짚어보기 시작했다. 고통스러운 이야기가 끝이 나자, 젊은 남자는 자신의 이야기를 시작했다. 그 뒤로 각 사람이 순서대로 이야기를 했다. 세 번째 왕자가 자신의 이야기를 반쯤 했을 때, 갑자기 큰 소리가 들리더니 천장이 흔들리며 열리는 바람에 이야기가 중단되었다.

곧 구름이 하나 내려오다가 서서히 흩어지며 아프리트의 등에 업힌 카라티스의 모습이 드러났다. 아프리트는 괴로운 표정으로 자기 짐에 대해 불평했다. 카라티스는 즉시 땅에 뛰어내리더니, 아들에게 다가가 말했다.

"여기, 이 작고 네모난 방에서 무엇을 하느냐? 디브들이 다 네 종이 되었으니, 나는 네가 아담 이전 왕들의 왕좌에 앉아 있을 줄 알았는데."

"저주받을 여자여!" 칼리프가 대꾸했다. "그대가 나를 낳은 날에 저주가 있을지어다! 가라. 이 아프리트를 따라가라.

이 아프리트가 그대를 예언자 솔리만의 방으로 안내할 것이다. 그대는 그곳에서 이 궁들이 어떤 운명을 맞이했는지, 그대가 나에게 가르친 불경한 지식을 내가 얼마나 혐오하게 되었는지 알게 될 것이다."

"권세가 있는 높은 자리에 오르니 머리가 돌아버린 것인가?" 카라티스가 말했다. "하지만 나는 예언자 솔리만에게 경의를 표할 수 있기만 바랄 뿐이다. 그 전에 너도 알아둘 것이 있으니, 아프리트가 나에게 우리 둘 다 사마라에 돌아가지 못할 것이라고 알려주었기 때문에 나는 그에게 내 일을 처리할 말미를 좀 달라고 청했다. 아프리트는 선뜻 응해주었고, 나는 나에게 주어진 몇 분을 이용하여 탑을 태우고, 나에게 아주 큰 봉사를 해주었던, 그 안에 있던 벙어리, 검은 여자, 뱀도 태워버렸다. 모라카나바드는 마침내 네 동생에게로 달아나버리는 바람에 내 계획대로 할 수가 없었구나. 그렇지만 않았다면 그에게도 똑같은 친절을 베풀어주었을 텐데. 바바발루크는 네 부인들에게 남편을 구해준답시고 어리석게도 사마라로 돌아왔지 뭐냐. 시간만 있었으면 틀림없이 고문을 했을 터인데, 급했기 때문에 네 부인들과 함께 함정으로 유인한 뒤에 그냥 목만 매달았구나. 네 부인들은 검은 여자들의 도움을 받아 생매장을 했지. 따라서 검은 여자들은 마지막 순간을 아주 만족스럽게 보낸 셈이야. 내가 늘 총애하던 딜라라는 이 근처에 자리를 잡고, 마기 가운데 하나를 섬기는 일을 시작하여 그 아이의 훌륭한 정신을 증명해보였다. 그 아이도 곧 우리 가운데 하나가 될 것이야."

너무 마음이 가라앉아 카라티스의 말에 대하여 분노를 표현할 수도 없었던 바텍은 아프리트에게 카라티스를 눈에 보이지 않는 곳으로 데려가라고 명령한 다음 계속 생각에 잠겼다. 옆에 있는 사람들은 감히 그를 건드리지 못했다.

그러나 카라티스는 진지한 표정으로 솔리만의 돔으로 들어가, 예언자의 신음에는 조금도 관심을 가지지 않고, 전혀 기가 죽지 않은 모습으로 단지들의 뚜껑을 열고, 거칠게 부적들을 꺼냈다. 이어 이 저택들에서 이제까지 들을 수 있었던 가장 큰 목소리로 디브들에게 가장 은밀한 보물들을 드러내라고, 아프리트 자신도 보지 못한 가장 깊은 창고들을 열라고 명령했다. 카라티스는 오직 에블리스와 그의 가장 사랑받는 영들만 알고 있는 가파른 계단을 통해 밑으로 내려갔다. 그녀는 그렇게 죽음의 차가운 바람 산사르를 내뿜는 땅의 내장으로 파고들어갔다. 그녀의 겁 없는 영혼은 어떤 것도 두려워하지 않았다. 그러나 그녀는 가슴에 손을 얹고 있는 거주자들에게서는 약간 기이한 것, 그녀의 취향에는 별로 맞지 않는 어떤 것을 느꼈다.

그녀가 심연 한곳으로부터 나왔을 때, 에블리스가 그녀

앞에 서 있었다. 에블리스가 지옥의 위엄을 한껏 과시하고 있었음에도 카라티스는 얼굴 표정 하나 바뀌지 않았다. 심지어 상당히 당당한 자세로 인사를 하기까지 했다.

그러자 이 화려한 군주는 대답했다.

"그 지식과 죄로 나의 제국에서 높은 자리를 얻을 자격을 갖춘 왕모여, 불과 고통이 곧 그대의 심장을 완전히 사로잡을 것이니, 어서 남은 시간을 이용하라!"

에블리스는 말을 마치더니 자신의 장막 뒤로 사라져버렸다.

카라티스는 놀라서 잠시 입을 다물었다. 그러나 에블리스의 충고를 따르기로 하고, 지니들의 합창단을 모았다. 이어 디브까지 모두 모아 그들의 경배를 받았다. 카라티스는 모든 악한 영들의 환호를 받으며 의기양양하게 향기가 피어오르는 증기 사이를 걸어갔다. 그녀는 이미 그 영들 가운데 대부분을 알고 있었다. 카라티스는 심지어 솔리만들 가운데 하나를 왕좌에서 밀어내려고도 했다. 자기가 대신 앉으려는 것이었다. 그때 죽음의 심연에서 솟아나온 목소리가 선언했다.

"다 이루었다!"

순간 용맹한 왕모의 오만한 이마에 고뇌의 고랑이 파이기 시작했다. 그녀는 엄청나게 큰 소리를 질렀다. 이어 영원한 불을 담는 그릇이 된 심장에 오른손을 갖다 댔고, 그 손은 다시는 그곳에서 떨어지지 않았다.

카라티스는 착란 상태에 빠져 모든 야심만만한 계획들을 잊고, 인간에게 감추어진 지식에 대한 갈증도 잊고, 지니들이 바친 제물을 뒤집어엎었다. 그녀는 자신이 태어난 시간과 자신을 밴 자궁을 저주하더니 모습을 알아볼 수 없을 정도로 빠르게 몸을 돌리기 시작했다. 그녀는 쉬지 않고 계속 뱅글뱅글 맴을 돌았다.

그 순간 똑같은 목소리가 칼리프·누로니하르·네 왕자·한 공주에게 돌이킬 수 없는 무시무시한 선언을 했다. 그 즉시 그들의 심장에 불이 붙었으며, 그와 동시에 그들은 하늘이 준 가장 귀중한 선물인 희망을 잃어버렸다. 이 가엾은 존재들은 가장 격렬한 착란 상태에 빠진 표정으로 뒷걸음질 쳤다. 바텍은 누로니하르의 눈에서 분노와 복수심밖에 보지 못했다. 그녀도 바텍의 눈에서 혐오와 절망밖에 보지 못했다. 친구로서 조금 전까지 서로에 대한 애정을 유지했던 두 왕자는 서로에 대하여 변치 않을 증오심에 젖어 이를 갈며 움츠러든 모습으로 뒤로 물러났다. 칼릴라와 그의 누이는 서로 저주의 손짓을 했다. 모두 서로가 두려워 무시무시한 경련을 일으키고 비명을 내질렀다. 이들은 저주받은 무리 속으로 뛰어들었으며, 그들과 더불어 영원히 줄지 않을 괴로움을 겪으며 배회했다.

이것은 제어하지 못한 정열과 잔학한 행위에 대한 벌, 마땅히 받아야 할 벌이었다! 이것은 앞으로도 조물주가 지혜롭게 그어놓은 인간 지식의 한계를 넘어선 그 맹목적 호기심에 대한 응징이 될 것이다. 초자연적인 존재들에게만 허용된 것을 발견하고자 하는 무모한 야망에 사로잡혀, 그 얼빠진 자만심으로 인해 지상의 인간이 천하고 무지한 존재라는 것을 인식하지 못하는 자들은 이렇게 무시무시한 좌절을 겪게 될 것이다.

이리하여 칼리프 바텍은 공허한 허세와 금단의 권세에 대한 욕심 때문에 수많은 범죄로 자신을 더럽혔으며, 결국 끝없는 비탄과 누그러지지 않는 가책에 시달리게 되었다. 반대로 경멸을 당했던 굴첸루즈는 누구도 침범할 수 없는 고요 속에서 유년의 순수한 행복을 누리며 평생을 보냈다.

하위의 욕망, 하위의 장르

1760년 '영국의 가장 부유한 아들'(시인 바이런의 표현)로 태어난 윌리엄 벡퍼드William Beckford는 21살인 1782년 아라비아풍(또는 동양풍)에 고딕 소설적 요소가 가미된 『바텍Vathek』을 불어로 썼다. 새뮤얼 헨리Samuel Henley는 저자의 감독 하에 이것을 영어로 번역하고 자세한 주석을 달았지만, 정작 1786년에 영국에서 이 번역판을 출간할 때는 저자의 허락을 받지 않았을 뿐만 아니라 마치 아랍 텍스트의 번역인 것처럼 꾸미기까지 했다. 결국 벡퍼드는 1816년 내용과 주석을 많이 고쳐서 제3판을 펴내는데, 보통 영어판 『바텍』은 이 제3판을 가리킨다. 우리말 번역 역시 옥스퍼드 대학 출판부에서 간행한 이 영어판을 원전으로 삼았다.

『바텍』은 이슬람 국가의 칼리프 바텍이 신을 배반하고 에블리스의 보물을 얻으러 지하로 갔다가 저주를 받는다는 줄거리를 골격으로 갖춘 이야기이다. 이 이야기는 우선 아라비아(동양)의 이야기로 제시되고 있다. 유럽에서는 18세기 초에 『천일야화Arabian Nights』가 처음 번역된 뒤 아랍의 이야기들이 줄기차게 쓰여지면서, 문학 분야에서 동양이 본격적으로 '발명'되기 시작했다. 더불어 발명품의 규격을 갖추듯이 하위 장르 내의 관습이 수립되었는데, 여기에는 야만적이고 엉뚱하고 관능적인 사건들, 초자연적 요소, 이국적 배경 등이 포함된다. 이런 인공물이 자연물로 자리바꿈을 하려 할 때는 보통 그렇듯이 어느 것이 진품(眞品)과 가장 비슷한가를 놓고 경쟁이 벌어졌는데(앞서 보았듯이 영어판 번역자 헨리는 이것을 아라비아 이야기의 번역판으로 꾸미려고까지 했다), 이 점에서도 『바텍』은 단연 이 장르 최고의 작품으로 꼽힌다. 바이런은 동양 이야기로서 바텍의 우수함을 다음과 같은 말로 보증해주었다.

의상의 정확성, 묘사의 아름다움, 상상력의 힘에서 『바텍』은 모든 유럽의 모조품을 단연 능가한다. 또한 진품의 특징들을 고루 갖추고 있기 때문에 동방에 가본 사람은 이것이 번역이 아닌 창작품임을 믿기 힘들 것이다.('지아우르The

또 한 가지, 『바텍』에서 금방 눈에 띄는 점은 백퍼드의 시대에 유행하던 고딕 소설적 요소이다. 이 이야기에는 바텍의 성 가운데 카라티스가 관장하는 곳, 누로니하르가 찾아가는 동굴, 카라티스가 길 안내자와 함께 찾아가는 묘지, 마지막의 에블리스의 지하 궁전 등 고딕 소설적인 장치와 흡사한 느낌을 주는 요소들이 자주 나타난다. 따라서 『바텍』은 배경만 중세 수도원에서 동양으로 바꾸어놓은, 동양 고딕 소설이라는 혼성 장르에 속한다고 생각해봄직도 하다.

이런 하위 장르는 주류에 의해 주변으로 밀려난 욕구들을 충족시키기 위해 주변적 방식으로 제도화된 것이다. 백퍼드의 시대에 생산되던 이야기에서 동양이나 중세라는 문명화되지 않은 시공간이 발명된 것도 물론 문명화된 서양 당대의 '건전하고 정상적인' 욕망이라는 주류에서 밀려난 하위의 욕망들을 하수 처리할 지류가 필요했기 때문이다.

백퍼드는 자신을 표현하기에 주류보다는 이런 지류가 적합하다고 여겼던 것인데, 그렇다고 그 지류에 빠져 익사할 생각은 없었던 것 같다. 영화감독들이 이른바 B급 공포영화라는 하위 장르의 틀을 빌려와 자신을 표현하는 것과 비슷하다고나 할까. 여기에는 훗날 낭만주의라고 부르는 물길이 새로 나면서 이전의 주류와 지류가 뒤섞이고 재편되던 그 무렵의 사정도 어느 정도 영향을 주었을 것이다.

하위의 장르에 의존하면서도 그것을 넘어서려는 벡퍼드의 태도 때문에 『바텍』에는 희극적인 장면들이 자주 등장한다. 장르의 관습을 의식하고 그것을 희화화하기 때문에 벌어지는 현상이다. 이 때문에 동양 이야기의 정형화된 틀에 맞게 자기 배역을 충실히 이행하는 인물들은 조롱을 당하기 일쑤이며, 그때마다 작가는 대부분 조롱하는 사람 편에 서 있다. 고딕 소설적 요소가 드러나는 한 예로 꼽았던 공동묘지 장면도 공포감을 자아내기는커녕 그로테스크한 소극(笑劇)의 느낌을 준다. 작가가 좀처럼 정색을 하는 법이 없는데다가 표정도 변화무쌍하기 때문에, 적어도 장르의 상투성이 제공하는 안정된 일관성은 찾아보기 힘들다. 따라서 작가가 어느 인물의 어떤 행동을 지지할지 예측하는 것도 어려워진다. 나아가서 작가는 하위 장르 특유의 느슨한 통제를 이용하여, 자신의 공상과 연상을 따라 옆길로 빠지면서 꿈 이야기처럼 상징성이 풍부한 장면들을 그려내기도 한다. 이렇게 장르의 관습들을 흔들어놓기 때문에 정형화된 인물과 행동에 의존하고 있는 표면적 주제도 흔들릴 수밖에 없다.

절제 없는 욕망의 추구와 그로 인한 파멸은 바벨탑 이야기나, 사탄 이야기, 파우스트 이야기에서 되풀이되어온 주제이며, 이런 이야기들은 근대에 접근하는 시기에는 새로운 세계를 열어나가는 사람들의 진취성과 불안을 동시에 보여주는 이야기로 변용되기도 했다. 『바텍』 역시 이 주제를 공식 채택한 이야기이지만, 카라티스와 바텍이라는 두 사람으로 욕망을 분리시켜 놓았기 때문에 주제 자체도 파열을 일으킨다. 이야기가 진행될수록 분명해지지만, 공식 주제를 담당하는 임무는 바텍의 손을 떠나 카라티스에게 맡겨진다. 에블리스의 보물을 찾아나서는 일도 카라티스가 주도하며, 중간에 바텍이 누로니하르에게 탐닉할 때 여행을 계속하라고 야단을 치는 사람도 카라티스이다. 마지막 파멸의 장면에서도 자신의 '야심만만한 계획'에 대해 나름대로 의연하게 저주를 받아들이는 사람도 카라티스이다. 반면 바텍은 초반 이후에는 어머니가 정한 욕망의 수준에 제대로 부응하지 못한 채 저급한 욕망에 빠져 쩔쩔매다가, 결국 마지막 순간에도 어린아이처럼 어머니를 원망할 뿐이다.

그러나 카리타스의 욕망은 바텍의 저급한 욕망의 방해 때문에 주제로서 이야기를 완전히 장악하지 못한다. 카리타스의 욕망이 이야기의 뼈대를 이루는 것은 틀림없지만, 그 뼈대는 실제로 이야기의 살을 채우는 바텍의 하급의 욕망에 묻혀 잊혀지곤 한다(게다가 저자 자신도 카라티스를 잊고 바텍과 함께 그의 욕망에 탐닉하는 모습이 자주 눈에 띈다). 이것이 하위 욕망의 과장된 분출을 허용하는 하위의 장르가 발휘하는 위력이며, 벡퍼드가 동양 이야기를 채택한 이유를 짐작케 하는 대목이기도 하다. 사실 그 이전에 카라티스의 욕망 자체도 세계를 남김없이 발견하고 그 세계를 경영하겠다는 이전 투사들의 기획과는 거리가 먼, 지하의 암흑의 세계를 차지하겠다는 음습한 욕구로 격하되어 나타난다. 고딕 소설적인 장치가 효과적인 역할을 하는 것은 바로 이 부분이다.

그러나 바텍의 욕망으로 인해 카라티스의 욕망의 앙상함이 드러나기는 하지만, 기존의 욕망의 위계가 전복되는 사태로 발전하지는 않는다. 카라티스가 나타나서 야단을 치면 바텍은 다시 그 위계를 인정하고 다음으로 나아가야 한다. 이 욕망의 위계야말로 하위의 장르를 채택하는 순간 작품 내에 장착된 틀이기 때문이다. 카라티스가 저주와 원망의 대상은 될지언정 희화화되는 일은 드물다는 점에서도 그것을 알 수 있다. 다른 작품의 경우에는 기존의 욕망 체계를 뒤엎는 위력을 발휘하기도 하는 남녀의 사랑이 바텍과 누로니하르의 경우에는 전복적인 힘을 발휘하기는커녕 기존의 욕망 체계에 포섭된 형태로 나타난다는 점도 『바텍』에서 욕망의 위계가 무너지지 않는 또 하나의 예로 볼 수 있다(이들이 아닌 구름 위의 아기 천사 같은 굴첸루츠에게서 체제 전복의 힘을 기대할 수도 없는 노릇이다).

이런 면에서 옮긴이더러 『바텍』의 진면목을 유감없이 보여주는 대목을 한군데 꼽으라면, 지아우르가 공이 되고, 바텍을 비롯한 온 도성 사람들이 그 공을 차기 위해 서로 밀치며 달려나가는 장면을 꼽겠다. 이 장면은 벡퍼드의 글솜씨만이 아니라, 지금까지 이야기한 것들을 축도(縮圖)로 보여준다. 이 공차기 에피소드에는 두 등급의 욕망이 공존한다. 애초에 바텍과 인도인의 관계는 카라티스의 기획의 출발점이며, 또 이 에피소드 전체도 카라티스가 추구하는 욕망의 틀을 벗어나지는 않는다. 그러나 공을 차고 싶은 욕구는 그것과는 또 다른 등급의 욕망이다. 아직 이름도 얻지 못한 하위의 욕망이기 때문에 "눈에 보이지 않는 힘에 의해 그런 방종한 상태로 떠밀"려 간다고 표현되고 있다. 바텍은 어느새 이 욕망에 사로잡혀 "지혜가 있는" 사람이 제시한 욕망은 잊고 있다. 게다가 이 욕망은 도시의 모든 사람들을 사로잡는 엄청난 힘을 지닌다. 이 박진감 넘치는 군중 장면은 한편으로는 동양 이야기의 관습을 희화화한 장면인 동시에 다른 한편으로는 바텍의 하위의 욕망이 카라티스의 기획을 삼켜버리는 장면이기도 하며, 또 그 자체로 강한 상징적인 힘을 발휘하기도 한다.

하위의 욕망들을 하위의 장르에 가두지 않고 새로운 형식으로 감싸 안음으로써 카라티스의 욕망의 위계에 대한 본격적인 전복 작업에 돌입하는 일은 벡퍼드에게 맡겨지지 않았다. 나이나 시대로 보면 불가능한 일은 아니었겠지만, 몰락한 계급의 눈과 욕망으로 세상을 보았던 벡퍼드는 새로운 물길에 합류하지 못하고 이후 세대에게 간접적으로 영향을 주는 선에 머물렀다. 그렇다고 해서 하위 장르의 얇은 막을 찢으면서 꿈틀거리는 『바텍』의 생동감이 조금이라도 줄어든다는 것은 아니다. 그것은 우리가 2백 년이 지난 지금도 여전히 바텍과 함께 옆 사람을 밀치며 공을 차려고 달려가고 있는 중이기 때문인지도 모른다.

세계환상문학을 새롭게 읽는다

우리가 이미 깨닫고 있다시피, 21세기는 인류 역사상 또 하나의 대전환기를 준비하고 있습니다. 직선적 역사 발전을 신봉해온 근대주의는 그 한계를 드러내기 시작했고, 이성 중심의 합리주의·과학주의 같은 지배 담론들도 그 권위를 의심받기에 이르렀습니다. 반면에 그동안 전근대적이고 비이성적인 것으로 폄훼되어 문화의 비주류로 밀려났던 환상과 직관 같은 사유와 감성 체계들이 주목을 받으면서 디지털 시대의 코드로 등장하고 있습니다.

이러한 시대적 흐름에 부응하기 위하여 열림원에서는 책 읽기의 새로운 마당을 마련하려고 합니다. 지난날부터 오늘날에 이르기까지 유의미한 텍스트들은 늘 새롭게 읽을 필요가 있고, 특히 환상문학의 고전과 걸작들 중에는 아직도 우리나라에 소개되지 않은 책들이 적지 않다는 인식 아래, '이삭줍기' 시리즈는 세계문학사의 보석 같은 작품들을 발굴하는 데 역점을 둘 것입니다.

우리는 고정관념에 얽매이거나 시류에 영합하지 않고 풍성한 책의 잔칫상을 차리는 데 최선을 다하겠습니다. 허드레 정보가 범람하는 세상일수록 알찬 책들과 만나 지혜를 얻고 상상력을 키우는 것이야말로 뜻깊고 소중한 일일 것입니다.

기획위원 김석희

바텍

초 판 1쇄 발행 2003년 5월 9일
개정판 1쇄 인쇄 2020년 2월 20일
개정판 1쇄 발행 2020년 2월 25일

지은이 윌리엄 벡퍼드
옮긴이 정영목
펴낸이 정중모
펴낸곳 도서출판 열림원

출판등록 1980년 5월 19일(제406-2000-000204호)
주소 경기도 파주시 회동길 152
팩스 031-955-0661~2
이메일 editor@yolimwon.com
트위터 @yolimwon

전화 031-955-0700
홈페이지 www.yolimwon.com
페이스북 /yolimwon
인스타그램 @yolimwon

기획위원 김석희
편집 김종숙 박상 이서영 최연서
마케팅 E-biz 김선규 윤소정

디자인 강희철
제작 관리 윤준수 이원희 허유정 원보람

ISBN 979-11-7040-021-9
ISBN 979-11-88047-90-1 04800 (세트)